El silbido del arquero

IRENE VALLEJO

El silbido del arquero

RANDOM HOUSE

El silbido del arquero

Primera edición en Penguin Random House: octubre, 2022

D. R. © Irene Vallejo Moreu, 2016
D. R. © Casanovas & Lynch Agencia Literaria, S. L.
Calle Balmes, 209, 5° 2ª, 08006, Barcelona, España

D. R. © 2022, derechos de edición para América Latina en lengua española:
Penguin Random House Grupo Editorial, S. A. de C. V.
Blvd. Miguel de Cervantes Saavedra núm. 301, 1er piso,
colonia Granada, alcaldía Miguel Hidalgo, C. P. 11520,
Ciudad de México

penguinlibros.com

ISBN: 978-607-382-097-4

Impreso en México – *Printed in Mexico*

A mi padre, que zarpó.

Algunas victorias no son ni gloriosas ni recordadas;
pero algunas derrotas pueden llegar a ser leyendas,
y de leyendas pasar a victorias.

ANA MARÍA MATUTE, *Olvidado rey Gudú*

I. Naufragio

Eneas

Y esta noche puedo decir, una vez más, que he estado a punto de morir. He oído crujir mi barco. El cielo nos aplastaba sobre el mar, el mar nos lanzaba hacia el cielo. Luego he creído que mar y cielo se rompían en pedazos y se confundían. He creído que caíamos por las grietas de los relámpagos o por los precipicios de las olas.

Ni siquiera entiendo cómo han logrado mis hombres arribar a esta costa con nuestro barco herido de muerte. Esta costa que, en la noche del mar, era sólo un bloque de oscuridad más profunda, más cerrada. Surgiendo de la lluvia negra, un puerto natural se ha abierto para nosotros, una ensenada de aguas tan quietas que ni siquiera hemos necesitado amarras para anclar la nave.

El mar todavía ruge en mis oídos, pero es un eco. La tormenta se está calmando, las estrellas se asoman abriendo tenues rendijas en las nubes. Sé que apremia la tarea de proteger nuestras frágiles vidas en este país desconocido y sé que debo ser el primero en levantarme de la arena donde me he dejado caer. Los supervivientes permanecemos aquí desplomados. Noto en mi pierna unos dedos húmedos que tantean; tocan mi cuerpo, imagino, buscando la seguridad de que al menos nosotros seguimos vivos, la seguridad de que esta playa no es la orilla donde los muertos esperan la llegada del barquero que los conducirá al otro mundo.

—Eneas… —dice una voz, que al momento parece un sollozo del viento. No necesito más para ponerme en pie.

—¡Escuchadme todos! ¡Escuchadme todos! —repito, alzando mi voz por encima del aire que todavía ensordece—. Hemos sobrevivido a la guerra, que es la locura de los hombres, y a la tempestad, que es la locura del mar. Los dioses siguen con nosotros. Ahora no es tiempo de yacer tendidos y temblar por el peligro que ya hemos superado. Quiero levantar aquí un campamento, encender un fuego que nos caliente los huesos y elevar una oración por nuestros compañeros extraviados en la tormenta.

Volvemos a ser un ejército. La arena se aplasta bajo nuestros pasos. Reparto tareas, separo a los heridos, ordeno traer grano, herramientas y armas del barco. Mis hombres gruñen, me insultan entre dientes, pero sé reconocer la nota feroz y alegre con la que juran. Me llaman "perro" y "escoria", pero en realidad me están perdonando. A pesar de que no hemos hecho sino navegar en busca del lugar donde se cumplirá la oscura profecía y casi no han podido disfrutar del descanso de los puertos ni tener entre sus brazos a una mujer, a pesar de todo siguen fieles a su rey. Una palabra mía los lanza al ataque. Ahora que la muerte igualadora ha retrocedido, de nuevo me obedecen.

Sí, mis hombres están contentos porque vivimos. El mar no ha arrastrado hasta aquí ningún cadáver, de momento no lloramos a nadie. Y un náufrago siempre es un hombre alegre, al menos hasta que se detiene a pensar.

Nuestro timonel se ha roto el brazo, quizá en varias partes. Golpeado por las ráfagas de mar, el barco cabeceó y lo arrojó contra la borda. Rodó una y otra vez por la cubierta hasta quedar magullado. Cuando me acerco a él, aferra mi mano.

—¡Padre Eneas! —susurra. Así me llaman los más jóvenes de la tripulación.

—Te has salvado —le digo—. Nos hemos salvado.

Pero antes de soltar su mano, me asalta el temor de no volver a ver a mi único hijo. "Padre Eneas…"

Acates, mi fiel amigo, ha conseguido que una chispa salte del pedernal a la leña y las hojas mojadas. Miro hacia la hoguera que nace, miro a Acates con el cuerpo en tensión, cebando y protegiendo la llama, miro el fuego enroscarse y desenroscarse en el aire cuando por fin prende. A partir de esa primera hoguera se encienden otras, en círculo, creando un anillo de calor. El fuego es nuestra primera victoria sobre el miedo y sobre la costa solitaria.

El calor despierta el recuerdo del hambre. Acarreamos un cesto de trigo húmedo salvado de la tormenta. Manos hábiles se ocupan de tostarlo en la lumbre y molerlo. Nos queda agua dulce y también algunos pellejos de vino traídos del barco maltrecho. La noche es invadida por nuestros olores de poblado: comida, leña, cuerpos que sudan. El humo blanco vuela hacia el cielo como un pájaro que extiende las alas y se pierde en la altura. Y eso me preocupa: las aves de humo delatan nuestra presencia aquí.

No voy a dejar que el bienestar junto a las hogueras nos ciegue ante el peligro que existe aún. Estamos en lo desconocido. Hemos navegado sin ver cielo ni tierra durante todo el tiempo que duró la tormenta. Las nubes apagaron una a una las estrellas y no nos dejaron más luz que la espuma marina. El viento nos arrebató el gobierno de la nave. Imposible aventurar a qué tierra hemos llegado, entre qué gentes estamos, si es una costa conocida por los navegantes o está más allá, formando parte del mundo inexplorado. Quién sabe si, al caer dormidos, no seremos despertados por unas manos que nos inmovilizan y atrapan, por un cuchillo en la garganta.

Toda la noche habrá centinelas con los ojos clavados en la oscuridad, sin parpadear. Decido los turnos, reparto las armas, marco los puestos de guardia con un dibujo de mi pie en la arena.

Después me alejo solo para reconocer el terreno. Cuando dejo atrás el campamento, el viento enfría la ropa húmeda contra mi piel. La sal del mar ha dejado regueros sobre mí, como cicatrices del naufragio. Me muevo furtivamente entre la oscuridad. Quiero llegar hasta los escollos que se adentran en el mar, delimitando la ensenada. Quiero buscar en el horizonte curvado las naves de mi flota perdida en la tormenta. ¿Habrán sobrevivido las otras tripulaciones? ¿Mi hijo?

Los árboles que clavan sus raíces en la pendiente arrojan su sombra al mar. Oscuridad redoblada. Las ramas me arañan la cara. Trepo, tanteo, mantengo el equilibrio. Por fin se abre la perspectiva. En la débil luz, un cielo vacío y un mar que lo duplica. Ni rastro de una proa o de un mástil.

Desde que emprendimos nuestra navegación, aconsejados por los más sabios entre mis hombres, mi hijo y yo hemos viajado en naves distintas. Sois los últimos de la casa real de Troya, dijeron. Si hay un naufragio, tendremos más posibilidades de que al menos uno sobreviva, dijeron.

Espero no haber vivido para perderle también a él.

Entumecido, vuelvo al campamento que hemos levantado en medio de ninguna parte, donde me esperan mis hombres. Ahora sé que, aunque encuentre mi camino a través de estas costas, seguiré perdido. ¿Cómo puedo orientarme? Todo el mundo conocido existe ya sólo en nuestros recuerdos.

Ana

Decían que mi madre era una bruja. Ana, la hija de la hechicera, me llamaban. Ana, la hija bastarda del rey de Tiro. Ninguno de esos nombres era bueno. Por eso quiero zarpar y navegar tan lejos tan lejos que el agua lave todos los nombres. Llevo en mis venas la llamada del viaje y de los países que sueño con ver cuando sea mayor.

Mis pasos siempre se dirigen al mar. Si sigues mis huellas, llegarás siempre a la orilla.

También hoy, cuando he visto llegar desfilando las nubes, he corrido a buscar un asiento en las rocas. Eran nubes siniestras, con la tripa color verde oliva, tripas cargadas de tormenta. Sin duda, pesaban más que el mar, pero algún dios debía tenerlas sujetas para evitar que se hundieran en el agua.

Conozco los mejores lugares para ver pasar las nubes y también los mejores lugares para mirar a la gente. Ni las nubes ni la gente saben que estoy ahí, con la cabeza ladeada, mirando. Soy silenciosa y ágil. Cuento a Elisa lo que veo y escucho, y ella me llama su pequeña lechuza, porque todo lo miro. Cuando me escondo, sacudo la arena de la planta de mis pies, porque si me olvido, chirría al pisar y me descubren. Voy de un sitio a otro con los ojos muy abiertos. Lo hago porque siempre me ha gustado saber lo escondido. Y también porque el tiempo es muy largo y cada día que nace está muy lejos de su noche. A lo mejor el dios que conduce el sol a través del cielo también se sacude la arena de las plantas de los pies, y esa arena son las estrellas que vemos aquí abajo.

El tiempo es largo mientras espero el viaje que me llevará a una costa mejor, donde vivirán hombres mejores, menos mentirosos, hombres en los que confiar. Un día navegaré muy lejos para encontrar un país sin palacios, donde la gente no sepa lo que es la traición.

Estoy sentada en las rocas con la pierna bajo la rodilla, cuando la primera ola se rompe contra los escollos en muchos pedazos brillantes. El mar levanta olas con el color dorado de la arena que revuelve en el fondo.

Cuando aún vivía en la ciudad donde nací, en Tiro, mi madre solía decirme en tardes como ésta: "Ten un pensamiento para los que están en el mar". Pienso, pienso en ellos. Silba el viento en mis orejas. Y de pronto, como salidos de la nada, veo barcos, varios barcos dando bandazos en la tempestad.

Las proas se hunden, se ladean. Parece que los mástiles, tan pequeños ahí en la lejanía, se han puesto a tiritar. Hace frío. Tengo los tobillos mojados. Quizá debería volver, pero no porque tenga miedo. No me asusta este mar hinchado ni tampoco la luz extraña. No me asusto fácilmente.

Ahora los barcos suben y bajan por culpa de las olas. A veces se quedan suspendidos muy arriba. Creo que nunca había visto las líneas de espuma blanca llegar tan alto. El mar parece hambriento. Yo también tengo hambre y, si vuelvo al palacio, me darán una hogaza que podré romper con las manos y estará humeante.

Quizá debería volver, pero no está bien dejar solos a los barcos cuando caen encima de ellos olas como montañas. Puedo seguir aquí un rato más, resistiendo los empujones del viento y la tristeza de la tarde, con los barcos que se zambullen entre las olas y mi madre que está muerta y nunca volverá a tener compasión de las gentes de mar.

¿Qué hombres serán ésos que están luchando contra la tempestad, mientras el mar revienta sobre sus cabezas? ¿Serán exiliados como nosotros?

El sol, cansado, se ha marchado del todo. El temporal aúlla y cada vez está más oscuro.

¿Y si los hombres de esa flota vienen desde Tiro porque mi hermanastro los ha enviado para matar a Elisa, para matarnos a las dos?

¿Cómo sabe uno cuándo ha huido lo suficientemente lejos?

Me levanto y corro hacia el palacio.

Elisa

El viento de la tormenta se cuela en mi palacio y dobla las llamas. Una bocanada de aire frío me alcanza en la nuca. La tempestad nos tiene inquietos, los perros se han escondido hace horas para temblar lejos de nuestros ojos. Escucho. Los muros retumban como un arrecife al que baña hirviendo la marea. Pero mis oídos, acostumbrados a la voz del mar desde la niñez, perciben pausas en la furia del temporal. La calma no tardará en llegar.

Mis esclavas hilan y tejen sentadas en taburetes. De su piel negra, el fuego arranca reflejos dorados y verdes.

Un guardia aparece en el umbral. Es un hombre que conoce bien las ceremonias del respeto. A distancia, con los ojos clavados en el suelo, dice:

—Mi reina, traigo noticias. Los navíos de la flota extranjera que fue avistada por la mañana han recalado en nuestras costas sorprendidos por la tempestad. El mar ha escupido cuerpos de náufragos, algunos vivos y otros muertos. Hombres y barcos están muy maltratados, pero podrían ser peligrosos. Esperamos órdenes.

—Convoca al Consejo.

Los cuatro mejores guerreros de mi ciudad son miembros del Consejo. He alegrado su vanidad con títulos sonoros: el Escudo de la reina, el Puñal de la reina, el Arco de la reina y el Dardo de la reina. Los elegí entre los más fieros y más fieles soldados de mi padre. Me han servido lealmente durante años, desde que colocamos las primeras piedras de nuestra muralla, pero el tiempo ha acrecentado sus ambiciones.

No me engaño, sé que están absorbidos por el deseo de poseerme y ocupar el trono. Cada vez que los reúno, percibo la presión casi dolorosa de su mirada sobre mis ojos y sobre mi cuerpo. Por ahora no se atreven a ir más lejos. Para no desafiar a los otros, ninguno de ellos pretende abiertamente mi mano y mi lecho de reina viuda. En el equilibrio de esta igualada rivalidad, permanezco libre por el momento.

Los espero. En este instante, mis enviados estarán llamando a la puerta de sus casas donde, imagino, cada uno se habrá acostado junto a una sierva y gozará de ella a su manera brusca, con rutinaria aspereza. Pero cuando lleguen a palacio, inventarán una maraña de mentiras. Mis hombres se esconden de mí sin necesidad, por hábito. Quizá no saben hablarme como hablarían a un rey, como hablaban a mi padre en Tiro. Quizá no conocen otro lenguaje que el de la camaradería y, si no, el disimulo. Ni mis consejeros ni mis soldados nombran ante mí las pasiones verdaderas que les agitan: la ambición, el miedo, el amor a los cuerpos, los sueños de grandeza.

Mi marido solía repetirme que el buen gobernante debe saber lo que encierra el corazón de las personas. Trató de enseñarme esa habilidad. Pero ¿fue él capaz de asomarse al corazón de sus asesinos?

Dejo mis habitaciones y, atravesando el patio, acudo a la Sala del Consejo. Dos centinelas con hachas de combate me escoltan, empujan las puertas plegadizas de la estancia y me abren paso. Mis hombres ya están ahí, hablando en un tono malhumorado o tal vez sólo perezoso. Intuyen una misión que les obligará a velar a la intemperie en la noche atravesada por los vientos.

—Mis fieles capitanes —digo.

—Reina, venimos de servirte al pie de las murallas.

De todos mis consejeros, Malco el Escudo es quien mejor miente. Respondo a su sonrisa.

—No puedo pedir mayor dedicación.

En el silencio de la sala se percibe su respiración de hombres fuertes, el jadeo y la tensión de su ánimo. Me repugnan sus cuerpos, que emanan olor de sexo agrio y viejos sudores.

—Os preguntaréis por el motivo de mi llamada en esta noche desapacible —continúo—. Otra vez más, acudo a la fuerza de vuestro brazo. Una flota de hombres desconocidos ha desembarcado en nuestras playas. Ayudadme a interpretar los signos y decidir con sabiduría.

—Mi reina —contesta Safat el Puñal—, los extranjeros podrían ser mercaderes pacíficos o piratas sin entrañas. Es pronto para saberlo.

Mercaderes pacíficos o piratas sin entrañas… Mis soldados hablan con palabras inflexibles. Pero nosotros hemos nacido en una civilización de comerciantes, somos hijos del mar y sabemos que cualquier mercader audaz se convertirá en pirata si la ocasión lo permite. Sí, nadie ignora todo eso. No hay mercancía más apetecida que los esclavos, y si, navegando cerca de la costa, una tripulación de mercaderes avista una ciudad joven como la nuestra, de murallas incompletas, se lanzará igual que un águila para intentar apresar a nuestros jóvenes y a nuestras mujeres, embarcarlos por la fuerza y venderlos en los mercados de una gran capital. Si algo deseo con todas mis fuerzas, es defender a mi pueblo de ese doloroso destino.

—Es pronto para saberlo, tienes razón —contesto—. Pero mi corazón de mujer está inquieto por mi gente.

—Organicemos una expedición contra los intrusos —propone Ahiram el Dardo, palpitando ante la llamada de la lucha. Una cicatriz deforma la orilla de sus labios y se diría que alarga el borde de la boca: la sombra de una perturbadora sonrisa abierta para siempre por un cuchillo.

—Si en vuestra expedición os alejáis de las murallas, ¿no perderá la ciudad a sus espadas invencibles? ¿Qué sucedería si somos atacados mientras estáis fuera? —pregunto.

—Reina, mi opinión es que debemos reforzar la guardia en las murallas y defender nuestra ciudad como un tesoro vigilado por un avaro —dice Elibaal el Arco.

—Sea —respondo—, confío en vosotros, que habéis luchado al lado de mi padre y ahora me protegéis con el mismo amor que él. Que se refuerce la guardia en las murallas. Que nadie cabalgue en busca de los intrusos, pero si ellos se aproximan con intención hostil, apresadlos. Si oponen resistencia, acabad con ellos. Que todos nuestros enemigos sean testigos de la fuerza de la joven ciudad de Cartago.

Eneas

El sueño no me ha visitado, besándome los ojos, esta noche. Hora tras hora escucho el retumbar del mar, los pasos de los vigías, los chasquidos de las hogueras. Cuando empieza a clarear, con el suave gris del alba, me levanto. Mis ropas están todavía húmedas, noto los músculos endurecidos por el esfuerzo de ayer, me duele el cuerpo.

Miro a mi alrededor. En el cielo color azafrán se perfila la línea añil de unas lejanas montañas. Al fondo de la bahía distingo una ciudad que trepa hasta lo alto de un promontorio y la cinta amarilla de sus murallas. Vuelan pájaros a ras de tierra, sus sombras azules se deslizan por la arena.

Arrodillado junto a la hoguera, hablo con los dioses. Levanto las manos con las palmas hacia arriba: "Dioses, si alguna vez os hemos alegrado con nuestros sacrificios, si os importan nuestros sufrimientos, por favor, cuidad de mi hijo Yulo y haced que me reúna con él. Si cumplís este deseo mío, prometo edificar un gran templo en vuestro honor cuando llegue al lugar de la profecía". Derramo vino y observo cómo se lo bebe la arena, mientras ruego a los poderes de la Tierra y del Inframundo por la salvación de Yulo.

El campamento despierta después de la noche inquieta y los centinelas se sienten liberados de su soledad. Se inicia el trasiego de un nuevo día. El tenue sol apenas ahuyenta el frío y hay que avivar las hogueras. Calentamos los restos de nuestras provisiones y comemos en silencio, frotándonos las articulaciones. Al terminar, ordeno que amarren y escondan el barco al abrigo de las rocas. Luego busco a Acates.

—Con la luz del nuevo día marcho a explorar la costa para descubrir dónde estamos y adónde empujaron los vientos a nuestros compañeros —digo.

—Iré contigo —responde, aceptando compartir el peligro.

Me cubro con una capa de piel de lobo. Acates y yo nos armamos con espadas de doble filo y lanzas que nos servirán de apoyo al caminar entre dunas. El viento forma a nuestro alrededor una nube de tierra rojiza, siento el escozor de los remolinos de polvo en los ojos y el chirrido de la arena entre los dientes. Allá arriba, las gaviotas que descansan su peso sobre las ráfagas de aire chillan sorprendidas y alborotadas por los empujones de la brisa.

Explico a Acates que quiero acercarme a la ciudad y buscar algún promontorio que domine la vista sobre las playas de poniente. Acates mira con atención el terreno: la neblina de arena, las dunas, las escasas manchas de arbustos. Caminar por un espacio abierto y desconocido significa arriesgar la vida.

—Adelante —contesta.

Avanzamos en fila, deprisa, todo ojos y oídos. La arena se traga nuestros pasos. Admiro los movimientos de Acates, rápidos y precisos. Diez años de guerra han endurecido su cuerpo, lo han hecho fuerte para enfrentarse a los vientos del mundo.

Sí, yo también, todos. Todos los combatientes de Troya nos hemos curtido durante estos diez amargos años de guerra. ¿Pero Yulo? Yulo es un niño que no ha conocido la paz. Nació en una ciudad asediada. Su alboroto infantil quedaba apagado por el ruido de las armas. Si llega a hacerse hombre, ¿qué recordará de esta niñez cercada? ¿Y de los secretos de sus padres, recordará algo? ¿Desaparecerá para siempre lo que pasó entre su madre y yo, o echará raíces en su memoria?

Si vive. Si consigo encontrarle.

¿Cuándo empezó esta ruina lenta?

Acates se acerca a un arbusto de tamarisco para guarecerse. Se pone en cuclillas. Los dos nos agazapamos y descansamos del paso vivo de nuestro avance. Acordamos rodear la ciudad. Ya sólo nos separa de ella la distancia que una yunta de bueyes podría arar en una jornada.

Nos levantamos lentamente. El viento remueve a la altura del tobillo los hierbajos que crecen entre la arena. Mis sentidos están alerta. Ya ha entrado la mañana. Contra el cielo azul profundo se recortan las murallas, que a trechos son de piedra y a trechos de adobe o simples parapetos de madera. Es una ciudad joven y fronteriza, seguramente una ciudad que teme a los extraños llegados del mar. ¿Habrán encontrado aquí hospitalidad y ayuda mis hombres?

Rasgando el aire, una lanza sobrevuela mi frente y se clava en el suelo. Hundo la cabeza entre los hombros, retrocedo. Se abren las puertas de la ciudad y sale al galope un grupo de soldados a caballo. Nos rodean gritando en una lengua extraña. Dos de ellos desmontan y, sin contestar ni entender nuestras protestas, nos atan las manos, nos fuerzan a caminar hasta su cuartel y nos arrojan a una celda. Cuando cierran el portón con un golpe seco, nos hunden en la oscuridad.

Elisa

Un soldado trae noticias de los piratas apresados. Quiero verlos con mis propios ojos, quiero decidir su castigo y que escuchen de mis labios su condena. Ordeno a la guardia que me escolte hasta la cárcel y me encamino hacia los establos.

Desde que era niña, he sentido un placer extraño al entrar en las cuadras. Hoy vuelvo a respirar con gusto el aire cargado, caliente, casi dulce que envuelve a los animales. Escucho el sonido del grano masticado despacio, en paciente salivación. Una hilera de cabezas se vuelve hacia mí, descubre mi llegada y la celebra. Se oye resoplar y relinchar, me veo reflejada en todos esos ojos líquidos.

Yo misma coloco los arreos a mi caballo blanco siciliano, la mano puesta en su hocico con gesto acariciador. Mientras ajusto las correas de la silla, hablo dulcemente para él. Me detengo un instante en el amor que guarda para mí su mirada púrpura.

Los esclavos del establo, que conocen mis costumbres, me dejan hacer sin intentar anticipar mis deseos. Escojo uno a uno a los palafreneros que se ocupan de domar y cuidar de mis mejores caballos. Sé que algunos siervos descargan su cólera a escondidas contra los animales del amo y tiemblo ante la sola idea de esas crueldades silenciosas.

En el patio rodeado por la empalizada blanca, frente al granero destinado al forraje, monto. Aprieto los flancos del caballo con las rodillas y él acepta el peso de mi cuerpo y la presión de mis piernas. Mientras dejamos atrás las dependencias del palacio adentrándonos en las calles, uno de los hombres de mi guardia me cede su espada. Quiero que todos mis súbditos me vean así, armada y a lomos de un caballo blanco, el pelo suelto y la seguridad del jinete experto, como imaginan a las mujeres guerreras de las leyendas que se transmiten de abuelos a nietos.

Voy a dar un escarmiento a nuestros enemigos. Voy a hacer justicia con los piratas extranjeros. Es justo que, por una vez al menos, hombres como ellos, enriquecidos a través del robo, el saqueo y el comercio de mujeres, estén a merced de una mujer.

De pronto me descubro alegre. Alegre porque he defendido la ciudad, por el ajetreo de las calles que atravieso, por los lagares, bodegas, almacenes y tahonas que se levantan para que florezca la abundancia, por las azoteas blancas bañadas por la luz, y a mis espaldas, el palacio y el templo ya casi terminados. Todo crece y todo prospera a mi alrededor. Huele a pinos, a rebaños, a hogueras. El sol, un limón en el cielo suavemente azul, me calienta la espalda y los muslos. Mi caballo arquea el cuello y se mueve con la gracia de un bailarín, sabiéndose observado y sabiéndose bello.

Un pequeño cortejo de curiosos me ha seguido por las calles y ahora se agrupa en la plaza, junto a los muros de la prisión. Hago señas a los soldados que montan guardia.

—Traed ante mi presencia a los prisioneros —digo.

Crece la multitud, el rumor de voces, la impaciencia, los forcejeos por ocupar la primera fila. Los soldados desenfundan sus espadas y blandiéndolas gritan al gentío que avanza hacia el centro de la plaza. Mis guardias se adelantan y forman una escuadra impenetrable a mi alrededor, cerrando el paso a los más atrevidos y conteniendo a la muchedumbre que se apiña ante el reclamo de los piratas.

El sonido de los cerrojos hace callar a la multitud. Dos centinelas abren una tras otra las puertas de las celdas en medio de un silencio vibrante, como la cuerda pulsada de un instrumento musical que se niega a enmudecer.

A empujones, los centinelas sacan de la prisión a los piratas y los conducen hasta donde yo puedo verlos de frente y hablarles. Son una docena de hombres sucios y aturdidos. Acaban de salir de la oscuridad de sus celdas y los ojos les niegan la visión.

Miro a mi pueblo reunido y expectante. Un hombre aprieta los puños igual que un luchador. Las mujeres retroceden todo lo posible. Contemplo sus bocas abiertas, dibujando un gesto de sorpresa y de voracidad. No me gusta la sed de sangre de mi pueblo, pero hoy demostraré que mi poder no tiembla ante nadie.

—¡Prisioneros! —digo—. Ha llegado el momento de pagar vuestras culpas. ¿Podéis decir algo en vuestra defensa?

Los prisioneros no entienden mis palabras ni se sienten aludidos por ellas. Cuando sus ojos se acostumbran a la luz y cae el velo de la ceguera, se reconocen unos a otros. Confinados en sus respectivas celdas, no sabían qué suerte habían corrido los demás. Descubren con sorpresa e inesperada alegría que están juntos y vivos.

Dejo que expire el tiempo de su defensa. Si no pueden o no quieren responder a mi pregunta, dictaré sentencia. Que mueran y que sus cuerpos se expongan colgados cara al mar, fuera de nuestras murallas, hasta que los devoren los buitres. Que el espectáculo sirva de advertencia para futuros saqueadores. Y quieran los dioses que la noticia viaje tierra adentro, donde los belicosos pueblos nativos, al paso de nuestras caravanas, empiezan a codiciar nuestras riquezas.

Mis soldados golpean a los prisioneros en los brazos atados a la espalda, para que guarden silencio y escuchen mis palabras. Con callado orgullo, indiferente al castigo de las varas, un prisionero cubierto por la piel de un lobo levanta su mirada hacia mí.

—Reina —dice. Habla en el antiguo idioma de los acadios, la lengua de los palacios y de las embajadas—. Reina, hemos llegado a tus costas sin intención hostil.

En sus ojos hay un fulgor extraño y antiguo.

Hago un gesto con la cabeza. El gesto quiere decir: "Sí, entiendo tus palabras, pertenezco al mundo en el que se habla esa lengua. Sigue".

—No sé si ha llegado hasta aquí algún eco de las desgracias de Troya —dice—. Troya resistió un asedio de diez años, hasta que fue derrotada por culpa de una traición.

Acaricio la espesa crin del caballo, hundo los dedos en ella, medito. Por fin digo:

—He oído que los ejércitos griegos destruyeron Troya, mataron a los hombres y, según la cruel costumbre de la guerra, hicieron esclavas a todas las mujeres. Pero explícate, ¿quién eres tú?

—Mi nombre es Eneas. Mi mujer, Creúsa, era hija del rey de Troya. Por ella y por nuestro hijo defendí la ciudad hasta mi último aliento y, cuando ya todo era ruina y destrucción, salvé las imágenes de nuestros dioses con la ayuda de un grupo de hombres valientes. Atrás quedó mi mujer y una herida más dolorosa que la muerte misma. Desde entonces he navegado con mis fieles compañeros por los caminos del mar. Nuestro destino es la tierra que unos llaman Hesperia y otros Italia.

—¿Qué buscáis allí? —le pregunto. Sus ojos siguen llameando.

—Una antigua profecía dice que fundaremos una nueva Troya y que esa ciudad será la cuna de un imperio más grande que nuestros sueños y más duradero que nuestras derrotas.

Un perro ladra. La gente se irrita y maldice. Han venido hasta la plaza del presidio para ver el castigo que aguarda a los piratas, para jalear su condena a muerte. Ahora no entienden esta extraña conversación en lengua extranjera, este raro preámbulo al castigo. Lanzan gritos, intentan recordarme mi deber con exclamaciones de odio y gestos de rabia.

—Estáis lejos de vuestra ruta. ¿Qué os ha traído a estas tierras? —pregunto.

—La tormenta nos arrastró, alejándonos de nuestro rumbo, reina. Somos náufragos y los náufragos no pueden elegir el lugar donde encuentran la salvación.

La furia y el griterío se desbocan, ahogando el interrogatorio. El extranjero ha conseguido separarme de mi pueblo con las barreras de un idioma que sólo nosotros comprendemos.

Y sí, reconocernos en una lengua que se habla en las casas de los reyes, reconocernos como fugitivos de un mismo mundo, ¿no es razón suficiente para brindarle acogida? ¿No ofreceré la hospitalidad de mi palacio y de mi mesa a un viajero que ha visto arder su ciudad y lleva todavía el incendio en sus ojos?

Pero ¿soportará mi pueblo que perdone a estos extranjeros para los que ya afilábamos las espadas?

Ana

Tengo miedo. Quiero irme de aquí. No quiero ser esta niña fea de brazos huesudos.

Durante las últimas lunas he crecido mucho. Me estiro, trepo hacia arriba como las parras. Tengo demasiado largas las piernas, soy la hermana de esos pájaros de alas rojas que colorean el lago, hermana de los flamencos. Si la brisa juega con mi cuerpo y me levanta la túnica, verás mis flacas piernas y las rodillas enormes. Y mis huesos siguen adelante, alejando el suelo, tirando de la carne, alargándome igual que la tarde alarga mi sombra.

Elisa me ha dicho que pronto llegará la primera sangre y que no debo asustarme. Pero no lo entiendo bien. ¿Cómo se abre en medio de las piernas esa herida que no tiene cura? ¿Sabré que ya soy mayor cuando me manche con mi propia sangre?

Pero no hay que tener miedo a los extranjeros llegados del mar. Escondida entre el gentío, miro y escucho al hombre vestido de lobo. Habla en la lengua de los reyes sobre traiciones y huidas. Veo su espalda, las manos hinchadas y amoratadas dentro de los nudos de cuerda, las pantorrillas fuertes, las cicatrices en sus piernas.

—La tormenta nos arrastró, reina —dice el prisionero—. Los náufragos no pueden elegir el lugar donde encuentran la salvación.

Elisa, a lomos de su caballo, mira de arriba abajo. Le gusta hablar con los hombres desde la altura del jinete. No quiere que olvides que es poderosa.

—Valeroso Eneas —dice, con una sonrisa que se va entristeciendo y unos ojos que se van oscureciendo—, yo también he perdido mi patria, donde nací. También yo fui traicionada. Conozco ese dolor y también los caminos del mar y el anhelo de construir una ciudad nueva. Tu suerte y la mía se parecen.

Se miran.

Una piedra silba en el viento y golpea en la sien a uno de los prisioneros. Recibe el impacto fulminante, agita las manos atadas que no puede llevar a la herida, cierra los puños. La sangre cae, se ramifica, atrae a las moscas.

Los gritos de la multitud crecen en ferocidad.

Elisa levanta la mano para acallarlos y después habla en nuestro idioma.

—No hagáis daño a los extranjeros. No son piratas. Son supervivientes de la guerra de Troya en busca de una tierra que puedan llamar suya. Recordad que muchos de nosotros hemos conocido la suerte de los perseguidos. Por eso, deseo ofrecer a los troyanos mi acogida y concederles tiempo y ayuda para reparar sus naves. Mientras permanezcan entre nosotros, sus espadas podrán unirse a las nuestras si somos atacados en la noche.

Ojos duros, rostros hostiles, cuerpos tensos reciben las palabras de Elisa. Nadie se mueve, nadie se hace oír. Si alguien da el primer paso, el del desafío, la muchedumbre se amotinará. Golpearán y colgarán a los extranjeros, darán puntapiés a los carros, robarán ánforas de vino y caerán dormidos por la borrachera bajo los pies de los ahorcados balanceándose suavemente en el aire.

Lo sé. He visto a estos hombres hacer cosas horribles. Ya me han helado la sangre otras veces.

Contengo el aliento. La respiración tiembla encerrada en mi pecho.

¿Podría una niña huesuda y fea detenerles?

Me adelanto. La gente se aparta. Camino con pasos sin ruido hasta el grupo de troyanos.

Cuando vivía en Tiro, me llamaban la hija de la maga. Aquí, Elisa me ha dicho: "Tú serás la sacerdotisa-niña de Eshmún, la adivina". Pero ¿me creerán si hablo en nombre de los dioses? ¿O se burlarán y lanzarán piedras contra mí?

Estoy en el centro de la plaza. Extiendo los brazos.

—La hospitalidad es sagrada —digo—, y los dioses la aman. Estos hombres están protegidos por los dioses.

Pongo una mano en el brazo del prisionero herido. Luego giro para que todos contemplen mi figura flaca y, sobre todo, la negra mancha de nacimiento en mi cara. Mi cara marcada desde que salí del vientre de mi madre.

Decían que mi madre hacía conjuros delante del fuego, que desgarraba animales vivos y que hablaba con extraños gemidos a los muertos. Si creyeron todo eso, ahora temerán en mí a los poderes oscuros.

Nos miramos, miedo contra miedo. A mí me asusta su deseo de matar, a ellos les asusta la flor negra de mi mejilla.

Vuelvo a tocar la herida del prisionero, su pelo apelmazado por la sangre. Aflojo la cuerda que ata sus manos azuladas. Algunos hombres se vuelven, desatan las mulas y marchan. Otros les siguen. El tiempo de la violencia ha pasado.

Elisa desmonta. Con su espada corta las cuerdas que atan a los prisioneros.

—Seguidme a palacio. Mis esclavas os prepararán un baño y os darán túnicas nuevas —dice, porque los troyanos están sucios y huelen mal.

Eneas traduce para sus hombres. Mientras hablan, se frotan las muñecas y doblan los dedos con dolor. Las moscas corretean por su piel.

La plaza se ha vaciado entre murmullos de palabras ásperas a media voz. Los centinelas han vuelto a sus puestos.

Elisa se acerca y me toma de la mano. Sus dedos se entrelazan con los míos. Muchas veces me gustaría abrazar a Elisa igual que abrazaba a mi madre, escondiendo la cabeza entre las blandas montañas de sus pechos. Pero soy demasiado mayor y por eso ella sólo me ofrece la mano, el premio de su palma tibia y nuestros dedos trenzados unos con otros como los mimbres de una cesta.

He sido valiente. Está orgullosa de mí.

Eneas nos da las gracias pero yo me distraigo. Me aburren las largas frases del lenguaje de los palacios, diciendo una y otra vez las mismas cosas. Sin embargo, escucho una palabra que había añorado en secreto desde que escapamos de Tiro, la palabra mágica y alada. ¡Hablan de un niño!

—Reina Elisa —está diciendo Eneas—, tengo un hijo llamado Yulo, un niño sin más familia que yo ni más protección que la mía. Necesito saber si ha sobrevivido a la tempestad. Ruego tu permiso para buscarlo entre los restos de mi flota.

Elisa deshace la cesta de nuestras manos y señala el palacio.

—Ven conmigo —dice—. Te ofrezco un caballo y la escolta de mis soldados, que conocen el terreno.

No les acompaño al palacio. Dejo la plaza balanceando los brazos.

¡Un niño! Me entra la risa de pura alegría por el sonido de la palabra.

Atravieso el barrio de pescadores, donde las redes se extienden de casa a casa como cielos calados. Hay olores de especias, olores de cocina, olores de mar. Me confundo entre los esclavos y los aguadores que llenan las calles.

Conozco un lugar secreto al que la marea arroja los restos de los naufragios. Quizás allí encontraré a los compañeros de Eneas el troyano. Tengo que saber si el niño está vivo. Odio esta ciudad sin niños, esta ciudad donde no encontrarás ningún anciano de boca hundida y cuello flaco que cante una nana antigua, esta ciudad donde no hay ciegos, ni lisiados, ni gente compasiva. Odio esta ciudad de colonos fuertes que se embarcaron con Elisa huyendo del rey loco. Aquí nadie juega, nadie cuenta leyendas junto a la hoguera.

Tomo el camino de la ribera. Las palmeras se balancean en el aire, en ese viento tibio que levanta y riza pequeños torbellinos de polvo.

Las mujeres aquí no tienen hijos, viven agazapadas en un silencio vengativo. Recuerdo cuando nuestros hombres las raptaron para tener compañeras de lecho, el espanto de aquella noche en Chipre, las casas en llamas, los padres y maridos acuchillados. Ahora ellas tejen redes, hacen sandalias, cuecen pescado, se tienden en las camas de los guerreros y los maldicen en secreto. En la oscuridad de la noche, nadie protege a nadie con el calor de su cuerpo.

Acaricio mi collar de amuletos. Dioses, haced que el niño troyano esté vivo.

Corro con mis piernas largas, mi túnica aletea. A lo lejos, balan los rebaños. Dejo atrás la ciudad, las canteras y las colinas rojizas. No tengo más fuerzas para correr, camino. Ya voy a darme por vencida cuando distingo luces de hogueras bajo la negrura de los abetos en el acantilado. Me alcanza un limpio olor a pinos, y a brisa fresca, y a humo de leña. El mar late y brilla. Al cruzar entre las matas espinosas, el aire trae ecos de voces y de olas chocando. He encontrado el lugar secreto, sé que son ellos.

Trepo por el tronco de una encina que crece en un repecho del acantilado blanco. Escondida entre las ramas, vigilo y espero. El cielo es un remolino de color lavanda y naranja, luego de un amarillo frío. Giran sobre mi cabeza las gaviotas con sus alas de hoz. Los extranjeros entran y salen de sus tiendas de pieles, encienden hogueras, se sientan a comer en pequeños corros. Saltan chispas del fuego. El viento mueve las sombras de los barcos escorados con sus mástiles rotos y jirones de velas.

Ahí está, el niño Yulo.

La brisa levanta capas de polvo dorado. Los últimos rayos rezagados vuelven rubia la arena. El niño salta, desde lo alto de una duna, y cae sobre los talones. Luego pierde el equilibrio, los brazos buscando asas imposibles en el aire.

Por primera vez desde que llegué a estas tierras, me tiemblan en la tripa oleadas de risa.

Eneas

La niña de la mancha oscura en la mejilla agarra la cabeza de la víctima, la alza lentamente y hunde el cuchillo en su garganta. Los gritos del buey hieren el aire. Acuden varios esclavos que sujetan al animal y le clavan más veces el cuchillo hasta degollarlo y conseguir su silencio. Le recorren largos temblores, agacha la testuz y muere estremeciéndose. El altar se encharca con la sangre, salpicaduras rojas rocían el rostro y la túnica de la niña.

Es un sacrificio para celebrar nuestra llegada a estas tierras.

La niña eleva una súplica en su lengua. Levanta los brazos extendidos y su cuerpo parece un túnel al cielo, o una copa donde los dioses se vierten.

Los esclavos desuellan al animal. Después, despiezan los muslos. Encienden una hoguera de leña para asar las vísceras. La ceremonia continúa con un segundo buey. Despiertan sensaciones de otros tiempos: el color de la carne, el olor de la sangre en el aire. El hambre me humedece la boca, se agita y gruñe en mi vientre. Tengo hambre casi siempre, pocas veces se calma del todo.

Elisa va a celebrar un gran banquete esta noche. Hincarán la carne del sacrificio en grandes asadores y la harán girar vertiendo vino, lamida por el fuego.

Intento olvidar el hambre. También yo pido ayuda para mis adentros mientras continúa, en torno a mí, este ritual del que me siento a la vez excluido y parte. Desde el altar, la estatua de una diosa que se levanta los pechos desnudos con las manos vigila mi presencia extranjera. Tiene grandes ojos y la mirada fija de una serpiente.

¿Los dioses estarán así entre nosotros, mirándonos desde lo invisible con esa fijeza?

La única madre que he conocido es la diosa a la que hacíamos ofrendas en el altar. Cuando yo era un niño, mi padre, mi querido padre Anquises, me contó la extraña historia de mi nacimiento:

Háblame de mi madre.

Tendrás que prometerme que no contarás el secreto. Nunca.

Te lo prometo.

Me uní en amor con la diosa de la Vida.

¿Y no tuviste miedo?

Cuando sucedió, yo no lo sabía. Ella tenía forma mortal.

¿Entonces cómo sabes que era una diosa?

Más tarde ella me reveló quién era y me anunció que me daría un hijo.

¿Yo?

Sí, Eneas, tú. Un día volvió contigo en brazos. Fue la última vez que la vi.

¿Te dijo algo para mí?

Dijo que nadie debía saber la verdad. Me advirtió que sufriría las consecuencias si hablaba demasiado. Una vez lo hice. Me fui de la lengua durante una fiesta, en la arrogancia de una borrachera. Esa misma noche, de regreso, un rayo me dejó cojo para el resto de mi vida. Sólo los miembros de nuestra estirpe podrán saberlo. Tus hijos. Los hijos de tus hijos.

Eso fue todo. Si mi padre volvía en silencio a los prodigios de su memoria, no lo sé. Sus palabras siempre fueron sencillas, contenidas, sin huella de asombro.

Pero ¿será cierto? ¿Qué sentiría mi padre al sembrar su semilla en una diosa? ¿Podría llegar más allá del disfraz de carne de ella, hasta su cuerpo luminoso de diosa? ¿Es posible que mi padre, muerto como un fugitivo en la vejez, y yo, náufrago hambriento sin una ciudad a la que volver, es posible que seamos unos elegidos?

Rezo a la diosa de mi infancia para que me devuelva a Yulo. Cada día que pasa, la esperanza de encontrarlo se vuelve más dudosa. Me rodean los hombres de Elisa que ayer guiaron la búsqueda. Acabado el sacrificio, partiremos de nuevo, explorando más allá del istmo.

Rezo: "Madre, placer de dioses y hombres, estrella de la tarde, por ti nacen los animales, de ti huyen los vientos, la tierra da flores suaves para ti, ríe contigo el mar, brilla la luz en el claro cielo. Diosa de la sonrisa eterna, ayúdame a encontrar a Yulo".

Me arden los ojos. Mi cuerpo reclama descanso, pero anoche no pude dormir tras el fracaso en la búsqueda de Yulo. Y además, en palacio, fue tan grande la extrañeza de dormir otra vez en una verdadera cama…

Termina el rito. El aire ondula y brilla sobre la hoguera, la brisa se enreda en las llamas. La niña aprieta los nudillos contra sus ojos, está despertando del trance. Me mira. Baja los escalones del altar y viene hacia mí. Su pelo está manchado de sangre.

—Eneas, no sufras —dice—. Tu hijo está vivo. Yo lo he visto.

Sin esperar respuesta, se dirige en su lengua a los hombres de Elisa. Su dedo señala varias veces en una misma dirección, hacia el mar.

¿Puedo creer en las visiones de esta niña que habla con los dioses, que nos salvó ayer de la violencia de sus hombres?

Montamos a caballo y avanzamos en la dirección señalada por el dedo de la niña adivina. Nos siguen dos mulos cargados de provisiones con el lomo hundido bajo el peso de los fardos. Ninguno de los hombres que forman la partida de búsqueda entiende mis palabras, así que marcho aislado de ellos, al otro lado del muro de su hostilidad. El jefe de la expedición es un hombre violento con una cicatriz que le prolonga la boca. Desde el principio nos hemos mirado con desprecio, él, porque sabe que está frente a un guerrero vencido, y yo, porque aborrezco las bravuconadas de los guerreros en tiempos de paz.

Clavo los talones en los flancos del caballo y sigo a los hombres que se adentran en hilera por las calles sembradas de desperdicios y ladrillos de adobe secándose al sol. En las plazas, en los ángulos de las fachadas y en lo alto de las murallas salen al paso imágenes de dioses rechonchos, con vientres abultados y dientes de fiera, dioses que me hielan la sangre.

El guerrero de la cicatriz fija sus ojos en los míos y dice algo que desata las risotadas de los demás. Un collar de placas doradas se enreda en el pelo de su pecho. Me enfurezco, pero no respondo a sus provocaciones. Encerrado en el caparazón de mi silencio, finjo no entender. ¿Y quién sabe si he entendido? Sólo hablo lenguas exiliadas.

Hemos cruzado una puerta de encina forrada con chapas de bronce, salimos a terreno abierto. Tras la penumbra azul veo la explanada del mar y las olas donde chispea mil veces la lumbre del sol. Llegan desde las canteras los martilleos de los esclavos hincando cuñas de madera en la piedra caliza, como un eco de mi corazón que late ansioso en el pecho. ¿Encontraré a Yulo en estas costas donde arriesgo mis últimas esperanzas?

Necesito salvar a Yulo.

Mientras cabalgamos, antiguos fantasmas vuelven para recordarme que en vida no supe protegerlos. Tantos compañeros de combate, mis hermanos en la guerra. Mi mujer. Mi padre, al que saqué de Troya sobre los hombros porque la vejez cansaba sus pies. No pude darle siquiera un lecho tranquilo donde morir y ahora su tumba es un lugar sin nombre, un lugar olvidado.

Necesito salvar a Yulo y a los hombres que me quedan.

He perdido mucho. He pagado por mis errores. Si los dioses me permiten salvarlos, sabré que me perdonan y me purifican. Si no, sabré que cae sobre mí su castigo.

¿Podrá la diosa de la Vida, a la que llamo "madre", purificarme, o recordando lo que hice aquella mañana ante los ojos de mi mujer y mi hijo, volverá la cabeza asqueada? Quizá los dioses comprendan que la guerra duraba ya demasiados años y que en nosotros —también en mí— soplaban vientos de furia y de venganza. Quizá comprendan y extiendan su mano salvadora.

Al principio también yo deseaba la guerra, el griterío, las escuadras apretadas, la coraza alrededor del pecho y el escudo alto. No hay nada comparable al placer de estar vivo en el instante del combate. La grandeza de la lucha te seduce. El cuerpo y las armas no pesan, uno siente la seguridad de sus propios movimientos. Veía morir a muchos, pero me creía invulnerable y las muertes de otros no dañaban mi creencia. Sabía que los dioses estaban entre nosotros, cortando los hilos que sostienen la vida de los hombres, pero el miedo quedaba aplazado hasta el término de la batalla, cuando recordaba el peligro.

Al principio no comprendes que la guerra te está arrebatando la esperanza. No te das cuenta porque quieres la guerra. Pero pasa el tiempo y son demasiados los jóvenes muertos, aplastados como uvas, los cadáveres descuartizados por los carros. Me cansé de luchar. Unos sobrevivíamos y otros no. ¿Quiénes sobrevivíamos? Ni los mejores ni los peores. Tampoco importaba si nos llorarían muchos o ninguno. Yo mismo ya no era amado, pero viví.

Un día murió Polidoro, el hermano pequeño de mi mujer, el hermano pequeño a quien tanto quise. Su padre le había prohibido participar en la lucha, pero él corría entre las líneas de soldados porque era muy rápido en la carrera y necesitaba nuestra admiración. Los niños crecidos en años de guerra no soportan que la edad los proteja. Cuántas veces matan su infancia para entrar en batalla y qué poco tiempo sobreviven a su niñez. Una pica se clavó en el ombligo de Polidoro. Con un lamento se desplomó. Le vi encorvándose hacia el suelo con las entrañas en la mano. Una nube roja oscureció sus ojos mientras moría.

Desde entonces me abrumó el cansancio de la guerra.

Cabalgo al trote para seguir el paso de los otros. Se acerca el mediodía. Nos baña una hermosa luz de color cerveza. Sopla la brisa atravesada por las flechas de los pájaros. He luchado tantas veces en días así, a la orilla de Troya…

Uno de los hombres silba y señala hacia la lejanía. Los demás hacen lo mismo, mirándome. Sus dedos apuntan con insistencia. Inicialmente, nada percibo. Veo la oscuridad de los pinos y la blancura del acantilado. Veo en la distancia una playa bajo el asalto sin fin de las olas. Entonces distingo, cerca del mar, varios mástiles inclinados como espigas que dobla el viento. Son mis barcos. Me invade la fe en la profecía de la niña. Los cascos de los caballos pisan una alfombra de pinaza que cruje y desprende aroma, su frescura penetra en mi nariz bajo el calor del sol. Confío.

Galopamos por la arena. Los cascos de los caballos levantan una polvareda que parece humo y que se desvanece en el vaho del mar. Ya distingo a los vigías del campamento junto a los barcos. Grito sus nombres y agito los brazos para que no teman un ataque. Hundo los talones en los costados del caballo y emprendo una carrera en la que adelanto a todo el grupo hasta dejarlo a mi espalda. Siento que al gritar me libero del miedo, expulsándolo de mí.

Voy a encontrar a Yulo. Los dioses siguen conmigo.

Acorto las riendas y detengo al caballo. Desmonto.

—¡Soy yo! ¡Soy Eneas!

Los centinelas me miran con cautela. Doy unos pasos. Por fin me reconocen y bajan el escudo.

—¿Vive Yulo? ¿Está con vosotros? —les pregunto desde la distancia.

Asienten con la cabeza.

Les abrazo llamándoles por sus nombres. Digo:

—¡Por fin os encuentro! ¿Estáis todos? ¿Murió alguien en la tormenta?

Me señalan cinco cadáveres alineados sobre la arena. Uno más emerge semihundido en el agua, mecido por las olas. Pienso en mi padre, que como ellos descansa sin una capa de tierra natal sobre sus huesos.

Los vigías se han abalanzado sobre los fardos de comida. Comen a puñados pedazos de pan y pescado ahumado. Alrededor de los mulos se forma un corro de hombres sedientos, en lucha por los odres de vino.

Recorro el campamento. Veo el costillar de los barcos, mis compañeros han arrancado la madera del casco para alimentar las hogueras y entablillar a los heridos. Veo las velas hechas harapos. Veo maderos flotantes y una sandalia abandonada en la orilla. Las chispas de una hoguera solitaria mueren en la brisa.

Asomo la cabeza al interior de las tiendas. Hay cuerpos tendidos que gimen, vendados con jirones de velas. Levantan la cara cuando me ven, el hambre y la fiebre reflejadas en sus ojos. Percibo un olor acre, el olor de la gangrena.

Encuentro a Yulo acurrucado en el fondo oscuro de una tienda, solo.

—¡Yulo! ¿Estás bien?

Se aparta de mí. Grita:

—¿Dónde estabas?

—Buscándote. No dejaba de pensar en ti.

Sale corriendo de la tienda. Le sigo. Se escapa. Si yo me detengo, él también, pero no me permite acortar la distancia.

Dejo de perseguirlo, camino lentamente en dirección al mar y me detengo al borde del agua. Hablo con Yulo sin mirarlo, sé que me oye.

—Voy a dar gracias a los dioses porque estás vivo. Rezaré a la diosa de la Vida. ¿No habrás olvidado que eres el nieto de la estrella del crepúsculo, la diosa de la sonrisa eterna, la diosa por la que todo nace y crece y mira hacia el sol?

Elevo mi plegaria. Hay una franja brillante en el agua y, sobre ella, un pájaro mide sus fuerzas con el aire. A mi alrededor, la desolación del naufragio. Un cambio en la dirección del viento trae el olor nauseabundo de los cadáveres que nadie ha quemado en una pira. Me muevo para dar la espalda a los muertos.

Yulo deja que me acerque a él. Cuando llego, me golpea con el puño cerrado. Se lame las lágrimas que le corren junto a la boca. Beso su pelo, beso la suciedad seca de su pelo. Palpo su cuerpo tratando de descubrir si hay heridas o dolor.

—Yulo, ¿qué te ha sucedido estos días? —murmuro.

Sigue llorando. Me agacho a la altura de sus ojos.

—Y ahora, Yulo, te voy a llevar a un palacio como los que había en Troya.

—Troya —repite él. Me aferra la nariz igual que me ha visto hacer cuando el viento traía hedor de muerte. Su gesto es brusco, en parte otro golpe y en parte un juego nuevo con el que quizá empieza a perdonarme.

Eros

Invisible, sin hacer ruido, sin dejar rastro, atravieso el palacio de Elisa.

He llegado a las costas africanas cortando el viento, en busca de la ciudad de Cartago, sin otra compañía que el silencio amigo de la luna. Vengo de donde no hay tiempo y, quizá por inexperiencia, llego tarde al banquete que Elisa celebra para dar la bienvenida a los troyanos. La fiesta ya ha empezado, debería haber viajado más deprisa, pero cruzar de un lado a otro no es una operación fácil, ni siquiera para mí, que estoy tan habituado. Se necesita hacer un corte muy preciso en la membrana del tiempo y, de un salto, colarse en el instante así entreabierto, entrando de cabeza en el mundo de los vivos. Por suerte, soy todo ligereza y me adapto pronto y me muevo rápido.

En el salón del banquete, todo está listo para que use mis poderes. Arde el fuego en el hogar y en las antorchas, dorando la piel de los invitados. La grasa de la carne aún gotea de sus bocas. Los esclavos llenan las copas de vino que, en esta noche fría del desierto, se dispersa por las arterias como una lengua de calor líquido. Son condiciones propicias para mí. Sé que en la música, en el calor y en la saciedad, mis victorias son más sencillas. Me alegra encontrar un escenario favorable porque, en los primeros pasos de cada amor, mis avances son muy fatigosos, además de inciertos. Los dioses ejercemos una soberanía mucho más frágil de lo que creen los humanos.

—Huésped —dice Elisa, arrullada por mi suave murmullo en su oído—, sabemos que vienes de la guerra de Troya, navegando por los abismos del mar. Cuéntanos tus luchas con los griegos y tus viajes.

Eneas contesta:

—Es doloroso recordar Troya, reina, pero trataré de contar sin espanto la desdichada historia que quieres escuchar.

Que nadie pregunte por qué los humanos nos fascinan tanto. ¿Cómo no? Los dioses no conocemos la aventura. Nunca nos sucede nada, somos eternamente jóvenes, no cambiamos, no corremos ningún riesgo, existimos en un asfixiante equilibrio, como seres pálidos, desprovistos de un mañana y satisfechos de nosotros mismos. En cambio, los hombres tejen sin cesar historias apasionantes, es su forma conmovedora de coexistir con el caos. Por eso los dioses no podemos apartar los ojos de ellos.

—La griega Helena, la mujer más bella de todas, de piel tan suave y blanca que todos la llamaban "la hija del cisne", abandonó su palacio en Esparta, a su marido y a su hija pequeña por el amor de un troyano. Ése fue el origen de la guerra. Para vengarse, los griegos reunieron una gran flota y asediaron Troya.

Para mi asombro, Eneas oculta que Troya era una ciudad estratégica a las puertas de un estrecho, enriquecida gracias al peaje que imponía a los barcos mercantes. No habla de las rutas comerciales, los metales y los intercambios que fueron verdadera causa del ataque y los diez años de asedio griego. He comprobado que, cuando se trata de justificar sus guerras, los humanos prefieren formar parte de una historia de amor que de comercio. Eso me halaga.

—Al despertar una mañana del décimo año, encontramos que el enemigo había desaparecido. Estaban solitarias las playas donde tanto luchamos, desiertas las orillas donde se alzaba su campamento, vacías las llanuras por donde marchaban sus escuadras. Ingenuos de nosotros, creímos que habían renunciado a la interminable guerra. Contra el cielo se recortaba la silueta solitaria de un gran caballo construido con vigas de abeto, un misterioso obsequio. Creímos que era una ofrenda de los griegos a sus dioses, rogando por una navegación sin tempestades hasta la patria. Para que el caballo no pudiera proteger su regreso, lo arrastramos al interior de la ciudad, tirando de él con cuerdas, hacia nuestro templo. No sospechábamos que el vientre hueco del caballo escondía una horda de guerreros. Nosotros mismos abrimos las puertas de Troya a nuestros asesinos.

Elisa escucha con gran seriedad, pero en su interior imagina la belleza fabulosa de Helena. Esta noche, al peinar su cabellera oscura y vestirse para el banquete con la túnica de lino blanco bordada en hilo de oro, Elisa estaba satisfecha de sí misma, pero ahora se pregunta si los ojos del extranjero la comparan con Helena.

En los humanos hay una sorprendente sed de belleza. Elisa no está en la flor de la edad, sabe que empieza a mostrar leves signos de desgaste. Cuánto daría por preguntar a Eneas detalles acerca de la deslumbrante Helena, pero es orgullosa y no lo hace. Y al no hacerlo, convierte a Helena en una incómoda presencia rondando a su alrededor.

Cuidando de no tropezar con este fantasma de Helena imaginada por Elisa, me acerco a la reina y le inspiro el deseo de gustar a su joven huésped, aunque por ahora es sólo una tibia corriente de vanidad. Para mis propósitos son muy útiles los ocultamientos a los que tanto juegan los humanos. Porque para Eneas, la bella Helena es una ficción más de su conmovedor cuento sobre Troya, y poco tiene que ver con el original femenino existente en realidad.

—Al caer la noche, en la hora dulce del primer sueño, los soldados griegos abrieron una trampilla de madera y salieron de su escondite en las entrañas del caballo. La violencia cayó sobre nosotros, dormidos e indefensos. Troya empezó a arder, empezó la matanza. Muchos murieron sin despertar. Yo luché en medio del incendio, del dolor y la confusión, bañado en sangre y en cenizas. Los edificios se desplomaban entre llamas, acechaban emboscadas en cada calle, los hombres se degollaban unos a otros con rabia ciega, por el aire oscuro volaban las flechas como pájaros de la muerte. Combatí llevado por la furia, hasta que vi arder el palacio del rey y sentí espanto por haber abandonado mi hogar sin protección.

Los humanos demuestran una sorprendente ineptitud a la hora de entenderse en todas las lenguas, como hacemos fácilmente los dioses. Pero también esa humana limitación juega esta noche a mi favor. Eneas habla sólo para Elisa y Ana, las únicas que comprenden sus palabras extranjeras. Las confidencias son, por tanto, posibles. Me coloco detrás de Eneas y le salpico con el jugo de la elocuencia, para que conmueva el corazón de Elisa.

—Corrí a la luz de los incendios, guiado sin duda por un dios, y llegué a casa, donde todavía reinaba la calma. Quise salvar a los míos, pero mi padre, lisiado, insistía en morir en su propio hogar. No podía partir sin él. Intenté vencer su desesperanza, pero no logré convencerle. Entonces se hizo visible un presagio: una estrella fugaz cruzó el cielo, señalando el camino de la fuga con un largo surco de luz. Todos decidimos seguir a la estrella. Cargué a mi padre sobre la espalda, tomé las estatuas de nuestros dioses, Yulo se agarró a mi mano y cerró la marcha mi mujer, Creúsa. Avanzamos juntos por las calles oscuras. Sólo al llegar a las puertas de la ciudad, cuando ya nos creía salvados, descubrí que ella no estaba con nosotros, que la había perdido. Volví sobre mis pasos. Corrí de vuelta a casa, pero era tarde: los griegos la habían invadido y ardía como una hoguera incontenible. Me lancé por las calles gritando su nombre, aplastado por el horror de lo que veía. Y entonces, por fin, di con ella, que era ya sólo una sombra, más alta y más triste que en vida. Me dijo que había muerto.

Ni el mismo Argos, con sus cien pares de ojos, ha visto nada parecido. ¡Qué mentiras tan entretenidas! A los dioses nos provoca risa, y a la vez nos fascina, escuchar cómo relatan los mortales sus propias vidas. Casi sin querer, la fantasía empieza a rellenar los huecos que abren los remordimientos y el olvido. Y así, los recuerdos de los humanos pueden ser totalmente imaginarios, pero nunca totalmente verdaderos.

—Me dijo que había muerto y me encargó que protegiera a Yulo. Habló del largo destierro y de los anchos mares que me esperan antes de llegar a mi nueva patria. Luego su imagen se deshizo como se deshacen los sueños. Quise abrazarla, pero era abrazar el viento.

El sueño pesa en los ojos del pequeño Yulo. Por orden mía, se acerca a Elisa y tira de su túnica. Ella coloca al niño en la cuna de su regazo. Poco a poco, él se duerme con la cabeza apoyada en el hombro de Elisa, babeando finos hilillos de saliva por el extremo de su boca. En su matrimonio, Elisa no fue madre. Siempre ha sufrido por las dudas sobre su fertilidad. Y ahora, cuántas veces lo piensa, quizá su tiempo ha huido irremediablemente.

—Volví con mi padre, mi hijo y mis dioses, reuní a los supervivientes de la matanza en las colinas donde se había perdido la estrella fugaz y, cuando rayaba el amanecer, zarpé hacia lo desconocido.

¡Por la mirada de la Gorgona! ¿No ha sido una gran idea poner al niño en los brazos de la mujer ansiosa de maternidad para así empezar a empujarla hacia mis redes?

Los humanos me han llamado dios del Amor, pero a mí me gusta más decir que soy quien intenta llenar los corazones deshabitados. El amor no es sólo cosa mía, porque en los vivos hay pliegues interiores que escapan a mi alcance. Yo muevo los hilos, yo creo la ocasión, favorezco los encuentros y los reencuentros, construyo las casualidades, yo insuflo la impaciencia del deseo. No es poco: los hombres no saben cuánto dependen sus amores de las oportunidades. En realidad, no hay amor sin azares. Pero no basta… Subsiste el misterio de su libertad, que guardan en algún lugar inaccesible para mí, en sus adentros.

Hay más: yo soy testigo pero nunca me ha sucedido a mí. Yo toco la nuca de los vivos y percibo cómo se eriza su piel. Les oigo hablar de sus placeres, de sus alegrías y sus nostalgias, pero no las experimentaré jamás. A los dioses nos están negados dos acontecimientos: el amor y la muerte. No hace falta decir que nuestra curiosidad por ambos es desmesurada.

Ana

Las voces hablan, traman nuevas violencias. No hacen caso de mí, me ignoran por completo, pero yo escucho. Aquí, igual que en Tiro, aguzo el oído para saber. Lo peor es que saber da miedo.

Las voces han estado gruñendo entre dientes desde el principio del banquete, desde que se mezcló el vino y se escanció en las copas. Ahora ya hemos comido la carne asada a fuego lento, que sabe dulce y quita el hambre. Los perros chupan y trocean los huesos, enseñando los colmillos. "¡Atrápalo!", grito, y los lebreles saltan a cuatro patas.

Eneas empieza a contar su historia. Hay un coro de murmullos. Las voces se rebelan contra el forastero, se niegan a darle la bienvenida.

—¿Qué dice el extranjero, Ana? —pregunta Puñal—. No entiendo una maldita palabra.

Mientras los ojos de los hombres están sobre mí, tengo que parecer pequeña, inocente, simple. Lo sé, me lo enseñó mi madre.

—Habla sobre la guerra. La última batalla, la destrucción de Troya.

Puñal mastica un resto de comida y escupe a un lado.

—¿Por qué no se quedó a morir como un hombre? ¿Ha dicho por qué?

Sacudo la cabeza.

Puñal se lame los dientes, mirando con sorna a los demás.

—Que me explique alguien por qué tenemos que llenarle la tripa a un cobarde.

—Aquí los troyanos reciben trato de reyes —dice Arco—. Esta tarde han traído al palacio a todos los heridos del naufragio. Estarán al cuidado de las esclavas de Elisa.

Puñal no habla ya en susurros como los otros, sube la voz, aúlla como esos animales feroces que merodean en la noche y quieren asustarte.

—Son una banda de mendigos —grita.

Dardo aprieta el puño dentro de su mano. Empieza a golpearse en la palma.

—¿Y debemos creer que Eneas es un guerrero? Mirad qué blando parece. Yo le arrancaré los dientes de las mandíbulas, como a los cerdos que devoran las mieses.

Se ríen. Me alcanza su aliento que huele a comida de hienas.

—Que se marchen todos a su condenada ciudad. ¿Quién les invitó?

—Mejor sería transportar a los forasteros a los mercados de esclavos de Sicilia, donde nos darían un buen precio por ellos.

—¡Bah! ¿Un buen precio por estos mendigos flacos?

—Mientras les llenemos la tripa no aceptarán marcharse de aquí. Los dioses nos han enviado una maldición.

Escudo chasquea con un lado de la boca.

—Se irán. Te lo digo yo. Nos ocuparemos de que se vayan.

Se quedan callados. En las pausas del relato de Eneas, resoplan, sorben ruidosamente o sueltan risas sofocadas.

Qué lenta avanza la noche. ¿Cuándo me podré levantar? El fuego del hogar se retuerce de impaciencia. Veo el bostezo de las copas y las cráteras. El reflejo de la hoguera palpita en las caras de Eneas y Elisa, al otro lado de la mesa.

¿Y si ahora, aprovechando que nadie se fija en mí, me escapo con el niño Yulo? Salir a escondidas, de la mano, y luego correr por los pasillos del palacio, atravesar los patios vacíos… Ellos buscarán debajo de la mesa, mirarán a su alrededor, nos llamarán, pero nos habremos ido.

Acaricio con el dedo la canasta del pan, por el borde. Pienso en los tesoros que tengo en mi habitación. Mi rincón secreto. Cuando encuentro algo extraño, lo recojo, lo traigo a casa y lo guardo en el arcón de la ropa. Conchas, insectos, trozos de cosas. Quiero enseñarle a Yulo lo más bonito de todo, una caracola muy grande de color malva. Da gusto pasar los dedos por el interior nacarado.

—¡Mirada de perro! —insulta Dardo a Eneas. Sus ojos se han cruzado un instante veloz.

Puñal eructa, la nuez se mueve en su cuello.

Quiero irme. Miro hacia Eneas, rígida en mi asiento, el codo alejado cuidadosamente del codo de Puñal. No me gustan los hombres de Elisa. Nunca me gustaron. Los odio.

¿Por qué Elisa tuvo que llamarlos a su lado cuando escapamos de Tiro? ¿No podíamos huir solas, ella y yo, como dos hermanas que no quieren más que salvar la vida y encontrar un poco de paz?

Pero Elisa quería ser reina. ¡Reina! En vez de eso, somos prisioneras de estos hombres. Las armas mandan, y son suyas. Pronto, antes de que pasen muchas lunas, dirán que debemos casarnos y aceptaremos a uno de ellos en la cama. Sé lo que es eso. Yo miraba cuando el rey mi padre venía como un intruso al lecho de mi madre, sí, miraba, un vientre deslizándose sobre otro. Preferiría mil veces tener el cuerpo cubierto de gusanos que casarme.

Todo lo que pasa es tan lento y tan triste... Otra vez siento un nudo en el pecho. Tengo que zarpar lejos de aquí, pero no sé a dónde. Elisa pudo salvarme y no lo hizo. Sobre la mesa, sigo con la punta del dedo los nervios de la madera. Parecen llamas atrapadas en la tabla, siluetas de fuego que se han vuelto sólidas. Teníamos la oportunidad, Elisa y yo, de buscar un lugar tranquilo donde vivir de manera sencilla y buena, sin hacer daño a nadie y sin que nos lo hagan. Una humedad repentina y abrasadora se coloca detrás de mis ojos.

Hace tiempo que Yulo parpadea con sueño. Hincha burbujas de saliva entre los labios. Ahora se levanta y camina hacia Elisa. Tira de su túnica. Elisa sonriendo le aparta el pelo de la frente. Lo toma en brazos. Sentado en su regazo, Yulo se acurruca y se confía.

Dardo aprieta los dientes con ferocidad.

—Y ahora abraza al hijo del charlatán. Si esto continúa, arrastraré a Eneas al patio y le cortaré la nariz y las orejas. Lo juro.

La violencia de la amenaza me alarma. Agarro mi copa por las dos asas y la miro así desorejada.

Eneas está terminando su relato.

—Reina, la noche avanza y en el cielo las lentas estrellas nos convidan al sueño. No quiero fatigarte más. Con tu permiso, haré la última libación a los dioses.

El vino que Eneas derrama toma un intenso color de sangre en la luz dorada.

Puñal se levanta con un impulso que hace temblar la mesa.

—Ana, repite mis palabras en la lengua del extranjero.

Hundo la cabeza entre los hombros. Puñal parece ahora una fiera salvaje, las aletas de la nariz palpitando, tengo miedo. No quiero que salgan de mi boca sus venenos.

—Felicita al forastero por su hijo. Prefirió huir con él cobardemente en lugar de dar la vida defendiendo su patria. Espero que a nuestra reina le ayude a recordar el heredero que Cartago necesita y que todavía esperamos. Si para eso busca un hombre valiente y fiel a la ciudad hasta la muerte, en esta sala, entre los suyos, encontrará más de uno.

Un rugido aprobatorio recorre la mesa. La mirada de Puñal me amenaza, pero mi voz ha huido como un animal asustado.

—Yo traduciré —dice Elisa, con un temblor en la orilla de los labios. Después, habla para Eneas—. Huésped, el vino ha vuelto imprudente la lengua de mis hombres. Al verme con tu hijo Yulo en los brazos, me reprochan que el trono de Cartago no tiene heredero. Como tú, Eneas, soy viuda. También mi marido fue asesinado a traición. Sin embargo, yo no le di un hijo que continuase nuestra sangre. En eso eres tú más afortunado.

Con un movimiento torpe, Elisa deja a Yulo en el suelo y abandona lentamente la sala. Los ojos de Eneas chocan un momento con los de Puñal, pero los dos apartan la mirada.

Eneas

Hace horas que acecho entre los cañaverales. El frío de la noche me despeja. De vez en cuando escucho los movimientos de mis hombres entre los juncos y las espadañas. Ellos me han traído hasta esta vena de agua en el territorio reseco, aquí vienen cada día a llenar los cántaros y vuelven con ellos a cuestas, camino del campamento.

Las estrellas flotan sobre mi cabeza y también en el río. Aquí abajo, la brisa las columpia y a veces las rompe con un soplo más fuerte. Arriba, titilan en calma.

Tengo entre las manos el arco listo, la flecha acomodada en la encorvadura, la aljaba bien cargada de dardos. Quiero que mis hombres prueben otra vez el sabor de la carne asada en la hoguera. Los víveres que acarreamos desde Cartago parecen abundantes cuando el despensero me los entrega entre reniegos, pero resultan escasos al llegar al campamento. Hay que racionar las provisiones. Sé cómo se sienten mis hombres. Tienen hambre. Todo el día sueñan con comida. Después de comer, tienen todavía más hambre; han llegado a pelear por un puñado de dátiles. Temo que los soldados enviados por Elisa para escoltarme acaben lanzándonos el pan como si fuésemos bestias.

No debemos permitir que los cartagineses nos humillen.

Palpo la cuerda del arco, que resuena como un trino de golondrina. Empieza a amanecer, la noche se hunde poco a poco en el océano.

Mandaré construir unas letrinas de madera y abrir un foso en un lugar apartado. No quiero que mis hombres ensucien la playa. Que al llegar no los encontremos haciendo sus deposiciones en la orilla o quitándose los piojos unos a otros. Que empiece cuanto antes la reparación de los barcos.

La tierra se inclina hacia el sol y a cambio recibe un baño de luz. El aire trae flujos de frescura y flujos más cálidos. Mi oído alerta capta el sonido de unas pezuñas, los juncos se frotan unos contra otros con suavidad, un animal avanza hacia el río. El instinto mueve mis brazos levantando el arco, tensa mis músculos, me afila la mirada. Mi cuerpo responde sin pensar, reproduce las antiguas sensaciones del combate.

Llega el ciervo. Su piel, bajo la luz roja, tiene el color del cobre. Baja la cabeza y lame el agua. Apunto a su garganta. Durante un instante, nada se mueve salvo mis recuerdos, el torbellino de imágenes. Me veo en Troya. Disparo una flecha, acierto a un griego en el cuello, la punta de la saeta emerge al otro lado del mentón. Se desploma. Un grueso chorro de sangre brota de su nariz. Su cuerpo retumba en el suelo, resuenan las armas, tornasoladas, relucientes. Sufre sacudidas mientras la muerte púrpura se esparce por sus miembros.

El ciervo bebe. Estoy sudando, noto cómo me humedezco. En mi arco se hincha la muerte. Ante mí, de frente, permanece quieto el animal que con un solo gesto mío rodará a mis pies desangrándose. La flecha apunta. Expulso el aire lentamente. Si suelto el proyectil, atravesará la garganta del ciervo.

El ciervo se alarma. Levanta la cabeza, olfatea el aire, intensifica su quietud. Mi sudor impregna el viento, me está oliendo. Me parece volver a ver las charcas de sangre en la tierra de Troya, durante la lucha. No queda más que el soplo de un instante para disparar. Ahora o nunca. Bajo los brazos. El ciervo emprende una carrera alada, saltando con la cornamenta alta. Su figura veloz parece prolongarse en el recorrido de mi mirada. He perdido a mi presa.

A cierta distancia, silban las flechas. Mis hombres han disparado. Doy la espalda a la caza, en el azul acuoso de la mañana. Me apoyo en el tronco de un aliso. Un río agrio me sube por la garganta, salta por encima de mi boca, se mete entre las alas de mi nariz, vuelve a bajar a mi pecho.

Me llaman. Mis compañeros de cacería han abatido tres piezas, las llevan colgadas del hombro. Caminamos hasta el lugar donde he dejado trabado el caballo que Elisa me confió. Cargamos los animales aún calientes sobre su lomo. Contentos, los demás bromean y se felicitan.

—No hemos olvidado cómo tirar.

—Y pensar que todavía estaba oscuro…

Al salir de la espesura, un viento salado nos infla la ropa. Suenan truenos de olas. El mar golpea sin descanso los costados de la tierra. El sol, escondido detrás de las nubes, deslumbra dolorosamente. Invade mi nariz un fresco aroma de olivos.

Me aparto para cabalgar a solas, en silencio, lejos de mis compañeros, mientras regresamos al campamento. He bajado el arco y he dejado que otros maten en mi lugar. Sólo me queda callar. El mismo viento que tira del mar me empuja a mí. Durante un rato disfruto dejando mi cuerpo en sus alas, mis ojos protegidos de la arena dentro del codo.

Cuando empezamos a descender hacia el mar, estalla de repente un grito furioso, luego otro y otro, una extraña canción aullada por voces de mujer. El canto procede de un poblado de cabañas donde viven, fuera de las fortificaciones, en refugios de cañas, algas y barro, nativos de piel oscura.

Elisa me ha hablado de ellos.

—Estaban aquí antes de nuestra llegada, pescaban en la ensenada donde hemos construido nuestro puerto —dijo Elisa—. Son inofensivos.

Expulsados por la fuerza de las armas, como nosotros, vagabundean sin rumbo buscando calas donde alimentarse de moluscos. Sus barcas ya no pueden salir a faenar en el mar cartaginés.

Una bandada de mujeres jóvenes corre hacia nosotros, azotando sus bocas con el látigo de la lengua, llamándonos, brindando sus pechos desnudos con las manos en un gesto idéntico a las estatuas cartaginesas, igual que diosas caídas en la miseria. Han visto la carga de carne sobre nuestro caballo. El hambre tira de ellas. Se acercan a nosotros para mendigar y ofrecer sus cuerpos. Mis hombres protegen sus piezas de caza apuntando con el arco a las mujeres.

—Fuera, fuera. Lejos. No.

Ellas retroceden. La más joven me mira, el hambre reflejada en sus ojos, y agita su delgado cuerpo como ha aprendido a hacerlo, ondulante.

—Labios dulces —dice otra, en nuestro idioma. Ella, si no todas, ha yacido con alguno de mis hombres a cambio de un plato de sopa clara o de una tira de pescado seco.

Mis oídos se demoran en el jadeo del mar. Mientras las dejamos atrás, me pregunto cuánto tiempo hace que mis dedos no acarician el cuerpo de una mujer. Me pregunto cuántas troyanas, ahora esclavas de los vencedores, tendrán que recibir a sus amos sobre su vientre y entre sus desnudos pechos porque ya no son más que botín de guerra.

Cuando llegamos al campamento, mis compañeros desuellan los ciervos. Pronto las pieles cuelgan goteando de un poste. Descuartizan y trocean la carne. Los muslos y la grasa brillante atraen todas las miradas. Para romper el sortilegio de tantos ojos clavados en el manjar de caza, doy órdenes y asigno tareas a cada uno.

Mis dedos dibujan en el aire los perfiles de un barracón y una empalizada. Planeo con detalle las mejoras del campamento. Hago salir a una partida de leñadores. Inspecciono las herramientas que se han salvado del naufragio. Por último, abro los baúles en busca de algo valioso para regalar a Elisa a cambio de los favores que todavía le pediré. Encuentro un velo con una orla de acanto dorado que perteneció a mi mujer. Valoro el riesgo de despertar ciertos recuerdos dentro de mí, pero me decido. No me queda nada más que sea digno de ella.

Estoy guardando la tela en las albardas de mi montura cuando oigo un estrépito de cascos.

—Mirad —grita un vigía señalando el camino a Cartago.

Un caballo sin jinete corre hacia la ciudad, desbocado, con toda la desesperación del terror. Lleva un extraño bulto atado a la silla.

Monto y salgo en su persecución. Está salvajemente herido. Lo que había tomado por unos arreos adornados con flecos son colgajos de su propia carne. Acorto distancia. Me afianzo en la silla. Con una mano consigo agarrar las riendas y frenar al caballo de carnes desgarradas. Tropieza, sus patas delanteras se doblan y se vence, tendido en tierra, palpitante.

Acaricio su grupa, vadeando las terribles heridas. Desato el bulto. Algo redondo, pesado y húmedo aparece ante mis ojos, envuelto en hojas de higuera. El presentimiento de más crueldades me detiene un instante, pero no puedo evitar mirar. Aparto las hojas ensangrentadas una por una. Mi corazón palpita. Es una cabeza humana, torturada y cortada de cuajo. En el rictus de la boca reconozco al hombre que me insultó durante el banquete, en palacio. Miro los labios muertos que me cubrieron de injurias hace tan sólo dos días.

Elisa

Escucho un alboroto de pasos acercándose por las salas del palacio. Son los hombres del Consejo, Malco el Escudo, Elibaal el Arco y Ahiram el Dardo, flanqueados por mis guardias que, al avanzar, golpean el suelo con la estaca de sus picas. En la liturgia de la corte, es el sonido que abre paso a quienes cumplen órdenes de la reina.

Empujan con violencia los portones de la sala donde espero. Con ellos entra un soplo de viento, las llamas de las antorchas revolotean. El aroma a incienso de la estancia queda invadido por el hedor de humo, muerte y sudor que emana de sus cuerpos.

—¿Es posible que hayan matado a Safat el Puñal? —digo—. ¿Cómo ha sucedido?

—Reina, Safat el Puñal partió con la última caravana, para escoltar a los mercaderes tierra adentro. Cuando nos mostraron la cabeza cortada, organizamos una expedición por la misma ruta. Era preciso actuar rápido. No ha sido difícil encontrar el lugar de la emboscada.

—Los atacaron. Mataron a todos cobardemente, sin darles siquiera tiempo a defenderse.

—El asalto sucedió de noche. Encontramos a los centinelas con una cuerda de juncos alrededor del cuello, la cara azulada, los ojos abiertos, la lengua entre los dientes. Seguramente dejaron la vida en silencio y así el campamento entero quedó a merced de la cuadrilla de asesinos. Había mercaderes muertos dentro de las tiendas, las cabezas segadas a traición mientras dormían. Nadie sobrevivió. Tuvimos que ahuyentar a las hienas que mordían los cadáveres, algunos ya despedazados.

—Descubrimos el cuerpo decapitado de Safat el Puñal, reina. Una flecha le atinó en el cinturón y se hundió a través de la coraza. Yacía entre su propia sangre oscura.

—Levantamos piras en el desierto para todos los muertos. Hemos traído sus huesos en urnas para que reposen en nuestra tierra, donde nadie volverá a perturbar su sueño.

—¿Quién ha sido? ¿Quiénes han planeado esta matanza? —pregunto.

—Robaron las mercancías y todo lo que tenía algún valor. Sospecho que se trata de una tribu nómada. Sus pequeños rebaños apenas les dan un pobre sustento y han decidido dedicarse al pillaje —dice Elibaal.

—¿Estáis de acuerdo?

—A los nómadas sólo les atrae el botín. ¿Por qué envolver en hojas de higuera la cabeza de Safat el Puñal y atarla al caballo? Hay algo ahí que me inquieta.

—Habla, Malco el Escudo, ábrenos tus pensamientos.

—Creo que los pueblos del interior han urdido este asalto.

—Pero sus ciudades ya no pueden vivir sin las mercancías que ofrecen nuestras caravanas: la sal, las especias, los caballos, las telas teñidas, los vasos labrados. Sus gentes celebran fiestas cuando llegan nuestros mercaderes. Ellos mismos se enriquecen vendiéndonos marfil de sus elefantes. ¿Por qué desearían hacernos daño? —digo.

—Todos los reyezuelos libios te quieren como mujer, y en especial Yarbas, el más ambicioso. Envidian y desean nuestra riqueza, reina.

—¡Perros codiciosos! Les hemos traído prosperidad. Antes de nuestra llegada, no eran más que unos míseros comedores de piojos en perpetua lucha los unos contra los otros —contesto.

—Pienso que están decididos a que escojas a uno de ellos y celebres tus bodas. Pienso que la cabeza de Safat el Puñal es sólo una advertencia de lo que nos espera.

—¿De verdad crees que me ofrecen matrimonio de una forma tan sangrienta?

—Lo creo, reina. Aunque resulte estremecedor, no debemos descartar una alianza de todos los pueblos nativos contra nosotros.

—Si lo que sospechas es cierto, Malco el Escudo, nos han declarado la guerra.

Me detengo a pensar en mis propias palabras. Declaración de guerra.

—Después de una provocación así, las represalias deben ser terribles —dice Ahiram. El odio tensa su cara.

—Las palabras de Ahiram el Dardo son sabias —continúa Malco—, hay que tomar venganza contra los nómadas. Una venganza fuerte y gloriosa que llegue a oídos del rey Yarbas y le haga temblar.

—Si les castigamos de verdad, ésta será su última afrenta —dice Elibaal—. Safat el Puñal no descansará hasta que manchemos nuestras lanzas con la sangre de estos traidores. Hasta que caigan de bruces en el polvo y muerdan la tierra con sus dientes.

Elibaal escupe.

Las caras de mis hombres palpitan por el reflejo del fuego. Guardamos un largo silencio mientras nos observamos.

—Tenéis razón. Que prueben el sabor del remordimiento. Nuestra pesada mano caerá sobre ellos —digo. La repugnancia se apodera de mí. Huele a podredumbre, a sangre parda, a hienas. Trato de contener la respiración.

—Es la ocasión para que los troyanos demuestren su lealtad a Cartago —dice Malco.

—¿Qué insinúas? Los troyanos han ofrecido luchar a nuestro lado, son huéspedes leales.

—Lo sé, reina, pero el pueblo no entiende que ofrezcamos alimentos, protección y toda suerte de favores a unos extranjeros ociosos. Si ha llegado el momento de afilar las lanzas, que luchen por nosotros, demostrando su gratitud. Así acallarán todas las voces de protesta.

Noto que el aire de la sala está viciado. ¿Era necesario traer hasta aquí su olor a hombre y a acequia sucia? Necesito ordenar un baño, necesito hundirme en el agua para ahuyentar este asco.

—¿Qué voces de protesta? —digo, aguantando la mirada de Malco.

—Corren rumores. Se dice que los troyanos no han lamentado la muerte de Safat el Puñal, el hombre que llamó cobarde a su rey.

Hay un nuevo silencio. Oigo un susurro: es el viento que agita las palmeras. Aquí dentro me envuelven efluvios de podredumbre.

—De acuerdo. Encomendaré a los troyanos la misión de castigo en la región de poniente. Ahiram el Dardo, Malco el Escudo, vosotros saldréis a asolar los alrededores del lago. Elibaal el Arco, tú permanecerás en Cartago y dirigirás la guardia. Que nadie salga del recinto amurallado sin armas. Apostad centinelas en las atalayas. Las puertas de la ciudad quedarán atrancadas desde que oscurece hasta el amanecer y nadie, por ningún motivo, podrá entrar o salir durante las horas de la noche. Ahora podéis marchar.

Vuelvo la cara. Digo:

—Y que sea la última vez que alguno de vosotros insulta a mis huéspedes bajo mi techo. Si el vino os enturbia así el juicio, nunca volveréis a la mesa de los reyes.

Eros

Yo, que conozco bien la magia de los lugares, he preparado el escenario. Conducidos por mi mano hasta la azotea del palacio, Elisa y Eneas saborean la intimidad del silencio. Sobre ellos se eleva la curvatura del cielo con sus estrellas doradas. La ciudad oscura, inacabada, se extiende a sus pies. Mi larga experiencia en amores tardíos me dice que a la luz tenue de la noche Elisa se siente más segura de su belleza.

Nadie invadirá este refugio a cielo abierto, yo me ocuparé de detener en el mismo umbral a cualquiera que se atreva a irrumpir en mi decorado, dispuesto con tan gran ingenio y sutil elegancia.

Me acerco a la nuca de Eneas y aspiro de un sorbo sus pensamientos. Está cansado de huir y extraviarse en el camino, le agota cargar con el peso del gran imperio que aún debe fundar, según la profecía. Le hago desear cobijo, aflojo sus músculos, debilito sus planes.

—Eres afortunada, Elisa. Estás viendo crecer las murallas de tu ciudad —dice.

En este preciso momento despliego uno de mis trucos. Cubro la luna con la mano o, para ser más exacto, con una nube en forma de mano, y la retengo en ese puño de vapor, oscureciendo de pronto la azotea. He comprobado que los humanos, al difuminarse las referencias espaciales, se creen más libres, como si todo sucediese sin consecuencias, igual que un sueño. Por eso encuentro más facilidades en los lugares desconocidos, con los viajeros y en la noche.

Envueltos por las sombras de la azotea, cerca el uno del otro, al borde del pretil, los dos me adivinan, intuyen que el deseo merodea al acecho, captan mi aleteo erótico vibrando a oscuras en el aire. Agudizo la intensidad, después abro la mano y la luz se derrama otra vez.

—Elisa —dice Eneas—, sabes que soy un náufrago que lo ha perdido todo. Sin embargo, algo pude salvar de la destrucción de Troya y de la tempestad. Acepta este humilde regalo. Nunca olvidaré la acogida y la protección que me has brindado.

Eneas extiende un velo bordado con hojas de acanto para que Elisa lo tome de sus manos. Ella lo mira, lo acaricia y se cubre con él.

—Gracias, Eneas. Has salvado este velo de grandes calamidades, es un regalo valioso —dice Elisa. Su mirada centellea.

Hacía tiempo que Eneas no recordaba a Creúsa, su mujer troyana, antes de que todo se arruinase entre ellos, cuando sus ojos brillaban todavía. Ahora, el recuerdo le atraviesa. Así era sentirse amado.

Elisa continúa la conversación interrumpida.

—Eneas, me crees afortunada porque mi ciudad florece, pero todavía no es un lugar seguro.

—¿Te preocupa la muerte de Safat el Puñal?

—Estoy inquieta. Corremos peligro.

—¿Qué peligro?

—Déjame contarte la historia de Cartago y lo entenderás. Llegué a las costas de África huyendo de mi hermano, el rey loco, que había hecho matar a mi marido y me perseguía. Desembarqué aquí con mis hombres, en la misma ensenada donde tú naufragaste. Cansada de escapar, confiando en que los asesinos enviados por mi hermano habían abandonado, decidí quedarme a vivir en estas bahías. Acudí a los indígenas para que me vendiesen un pequeño territorio, tan sólo el que pudiera abarcarse con una piel de toro. Se burlaron de mí, pero aceptaron. Después de cerrar el trato, corté la piel en tiras muy finas y, atando unas con otras, creé un larguísimo cordel ante sus ojos atónitos. Así delimité el terreno que hoy ocupa la ciudad. Los indígenas nunca perdonaron esa astucia, nos acusan de robarles y engañarles. Son pueblos inquietos y turbulentos. El ataque que acabó con la vida de Safat el Puñal es una amenaza.

La piel de toro cortada en tiras. La astucia de la reina. El mito de los orígenes. Me divierte mucho ver cómo inventan leyendas los humanos y cuánto las necesitan. Colecciono mitos de todas las regiones del mundo y, cuando escalo las cuestas del cielo para acudir al banquete de los dioses, tengo mucho éxito repitiendo estas historias que he escuchado de labios mortales. A los dioses nos sorprenden y en cierto modo nos enternecen sus esfuerzos por hacer comprensible el mundo. Nosotros, desgraciadamente, no tenemos nada parecido. Desde luego, el arte de contar historias es algo que no hemos enseñado a los humanos, lo han aprendido solos, y su inventiva es deslumbrante.

—¿Cómo responderás al ataque? —pregunta Eneas.

—Desearía evitar la violencia, pero debemos mostrar nuestro poder si queremos pacificar el territorio. Mis guerreros capturarán prisioneros en los poblados de nómadas. Algunos serán entregados al suplicio para arrancarles una confesión. Venderemos a los demás como esclavos en los mercados de oriente por el valor de las mercancías robadas. De esta forma, nuestros enemigos nos sabrán fuertes y volverá la calma.

"Pacificar el territorio", ha dicho Elisa con total seriedad. Sonrío ante la superioridad que se atribuyen los hijos de las grandes civilizaciones.

—Ya he vivido esto, sé que ahora os sentís furiosos y queréis resolver el conflicto a sangre y fuego, empuñando las espadas. Pero aún estáis a tiempo de enviar una embajada a vuestros vecinos para reclamar que os entreguen a los culpables del asalto a la caravana. Elisa, he combatido día tras día durante diez largos años y he visto las mil caras de la muerte. Si quieres mi consejo, intentad evitar la guerra.

Elisa cree que las palabras de Eneas son absurdas, pero esas absurdas palabras desencadenan en ella una extraña atracción. Piensa: "Qué distinto de los hombres que he conocido, qué suave es su juventud".

—Eneas, gracias por tu consejo, pero tenemos que golpear en respuesta al golpe. Son malos tiempos, el riesgo es grande, no podemos permitirnos debilidades.

Eneas se abisma en viejos recuerdos de guerra, mientras Elisa lo contempla con intensidad. En el silencio sostenido, sus miradas se encuentran de improviso. Han perdido el hilo de sus ideas. Buena señal, señal de que avanzo.

Para decirlo en términos humanos, mis armas centellean ya. Me refiero, claro, a las leyendas de los hombres acerca de mí. En su fantasía suelen imaginarme como un niño arquero que les hiere con precisión impropia de su edad, es decir, de mi edad, edad que por supuesto no tengo, yo que entro y salgo a través de los cráteres y las rendijas del tiempo. A pesar de la incoherencia, encuentro sugerente y poderosa la figura del arquero infalible. Tanto me gusta que a veces deseo expresarme igual que los humanos y decir, por ejemplo ahora, que en los ojos de Elisa mis vibrantes flechas relucen de excitación.

—Malos tiempos —repite Eneas—. En los malos tiempos, me gusta recordar a mis hombres que hemos sorteado juntos mil azares y riesgos, y que los dioses nos reservan una mansión de paz. Guardaos para los años felices que os esperan, les digo. Ten confianza tú también, Elisa. Algún día, vencidos los peligros, disfrutaremos recordando todo esto, con el placer de los dolores pasados.

Elisa siente una oleada cálida en su interior, sonríe. Y justo cuando la creo atrapada en mis redes, escapa de pronto, como si fuera Proteo, el Anciano del Mar, cuando se transformó sucesivamente en león, serpiente, pantera, agua y árbol para huir del rey Menelao. Pues en las palabras de Elisa vuelve a sonar el estrépito de la guerra, apagando otros susurros más dulces.

—Eneas, ahora soy yo quien suplica tu ayuda. Quiero enviar mi ejército contra los nómadas, pero la ciudad no puede quedar desprotegida. Un escuadrón de guerreros saldrá mañana hacia el lago, en la región de oriente. ¿Podrías marchar con tus hombres hacia poniente, en busca de prisioneros? Si lo hacéis, en la ciudad todos os tratarán como hermanos y desaparecerá la desconfianza.

La mandíbula de Eneas se tensa.

—Nuestros brazos están a tu servicio, reina.

Hay un silencio.

—Si tengo que preparar una expedición, necesitaré caballos para los hombres que me acompañen, y armas. A cambio de nuestra colaboración te pido también madera, carros y herramientas con las que reparar nuestras naves.

—Gracias, Eneas. Prometo que nada os faltará.

La conversación continúa, hablan sobre la misión, sobre la geografía del terreno, sobre la forma de luchar de los nómadas. Dejo de prestar atención, no es asunto mío. Mi ámbito es el secreto, la seducción, la iniciación. Me interesa lo que queda sin decir, lo que aún no se dicen a sí mismos. Qué poco se dan cuenta. Elisa ni siquiera repara en que quizá está mandando a la muerte al hombre del que empieza a enamorarse.

II. Sombras iban delgadas

Virgilio

Cree que le siguen, que han puesto a alguien tras sus pasos. Tiene la clarísima sensación de que es vigilado.

Sumergido en el río de ciudadanos, esclavos y extranjeros que hierve en los callejones, intenta confundirse con la muchedumbre. El ruido ensordecedor que empieza con el alba, cuando suenan los martillazos de los caldereros y el griterío de los alumnos de escuela, parece capaz de acallar su miedo. Por otro lado, sabe que es inútil tratar de esconderse. Su gran estatura, los movimientos desgarbados, el aspecto campesino permiten reconocerle a distancia y, por tanto, vigilarle cómodamente.

Si existe la mínima posibilidad de que le estén espiando, debería renunciar a sus planes. Debería, pero no lo hará. Está cansado. Vivir aquí exige demasiadas precauciones o, por decirlo con la crueldad de las verdades dolorosas, demasiado servilismo. Le gustaría volver a los campos de Nápoles, donde una vez estuvo su verdadera casa. En cambio Roma siempre le ha parecido una ciudad siniestra, un pozo de corrupción lleno de hombres escandalosamente ricos y desgraciados desesperadamente pobres.

Tratando de abstraerse, camina entre la gente obsesionado por Eneas y sus secretos, cuando le saca de sus pensamientos una conversación casual entre dos desconocidos.

—¡Lucio! ¿A dónde vas corriendo y apurado como un ratón en un orinal? ¿A saludar al patrono?

—Déjame paso, que no quiero ser el último en llegar. ¿Ya has cumplido, Quinto? Sí, claro, tú no te quedas pegado a las sábanas si se puede llenar la bolsa. Te deseo que sigas ganando en dineros, no en carnes.

Le entristece el espectáculo de las mañanas, cuando los hombres salen a cumplir con sus obligaciones de respeto. Todo el mundo en Roma tiene un protector y debe presentarle sus saludos llamándole "amo" cada día, antes de empezar su jornada de trabajo, si tiene la suerte de trabajar. Entre todos forman el tejido de una gran red de amos y aduladores, por eso la ciudad entera bulle en un torbellino de visitas. En esta danza de cortesías bailada al amanecer, el poder de cada hombre se mide por la cantidad de clientes que acuden y esperan durante horas en la antesala de su casa para ser recibidos. Él, que participa del ir y venir de cortesías igual que el resto, siente dolor ante esa servidumbre, un dolor que no sabe apaciguar. ¿Quién puede pasar sin el donativo diario que el amo paga a cambio de la visita? Para los abogados sin causas, los profesores sin alumnos o los artesanos sin encargos, esta propina es el único medio de vida. Los demás suman ese dinero a su salario y sobreviven. Por eso, si el amo pide algo, tiene asegurada la obediencia. Es así de simple, así de inapelable.

Él sirve directamente al emperador. Un servicio delicado, peligroso incluso.

Siente un repentino desasosiego en las tripas. Sufre del vientre casi todo el tiempo, sus digestiones son pesadas y agrias, debajo de la túnica nota muy a menudo la piel tensa como un tambor. Y además están las urgencias, como ésta que ahora lo lleva a buscar las letrinas públicas más cercanas. Atraviesa con prisa un amasijo de calles. Tropieza con la gente que circula, recibe varios codazos, alguien le golpea con una vasija, la sandalia claveteada de un centurión se hinca en su pie. Jadeando, llega a los pórticos, paga un as al encargado de los retretes y corre a un asiento de mármol enmarcado por relieves en forma de delfín.

Su alivio es inmenso. Allí sentado, arrullado por el murmullo del agua que corre por los regueros desde el surtidor, siente algo muy parecido al placer. Cierra los ojos. Le llegan retazos de frases; en las letrinas, la gente se cita, charla y acude a probar fortuna, esperando que alguien le invite a comer.

—Apostaré por el equipo azul, son los mejores... Voy al foro a pedir dinero, tengo crédito... gladiadores de tres al cuarto... gracias a los dioses, eso se acabó, ahora hay paz... durante los años de guerra se hicieron ricos con las expropiaciones... el pan está caro, los ediles se han puesto de acuerdo con los panaderos... un buen hombre, amigo de sus amigos, podía afeitar a un pájaro en pleno vuelo... prefiere un as en su arca a la vida de todos nosotros, ha construido sobre vigas delgadas como flautas...

Piensa en la paz que ha vuelto. Vivió toda su juventud entre guerras y por eso la guerra le parecía la imagen misma del mal del mundo. En medio del horror de la lucha, escribió: "Aquí el bien y el mal se confunden, tantas guerras en el mundo, tantas facetas de la maldad". Fue el primero en saludar la paz, aunque la paz llegaba gracias a la victoria devastadora de un señor de la guerra que había eliminado a todos sus adversarios, uno a uno. Desde entonces, ese señor de la guerra, Octavio, llamado Augusto, proporciona a su pueblo seguridad y esplendor, sin duda. Él piensa que los romanos han comprado la paz al precio de la obediencia. No se absuelve a sí mismo, quiso el fin de la violencia a cualquier precio, entonces, cuando se combatía cerca de su casa. Pero ahora ha nacido en su interior un poso de tristeza al descubrir, porque también existe, la miseria de la paz, la cara pacífica de la dominación.

Vuelve a girar en el círculo de pensamientos que le obsesionan. ¿Tendrá el valor de rebelarse o es demasiado tarde para él, que ya se ha vendido al encanto de los poderosos? ¿Qué hará finalmente Eneas en Cartago?

Un hombre de dientes negros se sienta en el retrete contiguo y empieza a charlar.

—Llevas mucho tiempo aquí, amigo. ¿No responde el vientre?

—Padezco del estómago —contesta él.

—A mí me fue muy bien la corteza de granada y la resina disuelta en vinagre —dice el desconocido, y libera sus gases—. Eso sí, ya ves, el estómago me suena como un toro salvaje. Pero en fin, Publio, ninguno de nosotros ha nacido sin raja. No hay tormento más grande que aguantarse las ganas...

—Me has llamado Publio. ¿Cómo sabes quién soy? —pregunta él con desconfianza, extendiendo la mano hacia una de las esponjas atadas al extremo de un palo.

—Toda Roma sabe quién eres.

Después de limpiarse, él se lava las manos, se enjuga la frente y se aleja.

De nuevo atraviesa calles, cada día más estrechas porque los propietarios construyen habitaciones en saledizo sobre la planta baja de los edificios y las alquilan a precios exagerados. Los inquilinos de esos cuartuchos tienen que utilizar una escalera de mano para subir. Si no pagan el alquiler, los apremian retirando la escalera, y ellos quedan prisioneros arriba, sin comer, hasta que saldan su deuda. La vida en la ciudad es dura. Él se indigna cuando pasea por el laberinto urbano, donde las casas se amplían con esas frágiles construcciones para añadir estancias, hasta que los vecinos de uno y otro lado pueden darse las manos desde las ventanas. Ha pensado muchas veces que, al urbanizar el aire en todas las direcciones, Roma va cayendo poco a poco en las sombras, lejos de la superficie y de la luz, como en un lento hundimiento.

Al esquivar una silla portátil que se balancea en manos de unos esclavos, de refilón vuelve a ver al hombre barbudo de quien sospecha. Alguien lo sigue, no hay duda, pero no renuncia a visitar la casa prohibida. Aunque encaja mal con su carácter, habitualmente tan dulce que sufre entre sus conocidos burlas y apodos en femenino, hoy siente el apetito de una desobediencia. Quizá el peligro no es más que el precio que debe pagar para recuperar algo de respeto por sí mismo.

Se acerca a una vieja que vende verduras frescas y le dice:

—Por favor, abuela, ¿sabes cuál es la casa de Cornelio Galo?

—¿Eres forastero en la ciudad? Cornelio Galo lleva meses muerto. Se quitó la vida.

—Lo sé. Me han dicho que ahora su madre vive aquí cerca.

La anciana echa a andar delante de él. Le guía hasta una casa y llama a la antepuerta.

—Aquí es.

Él paga una propina. Cuando asoma el portero, se hace anunciar. Después espera un tiempo porque tardan en pedirle que pase.

—Publio, me sorprende tu visita —dice la madre de Cornelio—. Los amigos de mi hijo han dejado de venir.

—Me alegra verte, Gala. Tienes buen aspecto.

—¿Te burlas de mí? Estos meses me han debilitado mucho. Después de lo que pasó a Cornelio, ya sólo me queda esperar —dice Gala, plegando sus dedos arrugados. Él capta la intención: un día más es un día menos, la cuenta atrás para la muerte. Piensa que será doloroso ver los ojos de ella llenarse de lágrimas y también que, con su habitual torpeza, no conseguirá manejar la situación.

—Me gustaría saber qué pasó en realidad.

—Cornelio sabía que Augusto lo elevó y que le debía su nombramiento como prefecto de Egipto. En esta familia no somos desagradecidos ni olvidadizos, Publio. ¿Te hemos ocultado alguna vez que mi marido era un liberto? No, nunca escondimos nuestros orígenes. Y a pesar de eso, en otros tiempos, la gente importante como tú no nos evitaba.

Él percibe su amargura y la acepta. Casi envidia ese dolor justo, purificador.

—No te he evitado, Gala. Hace tiempo que deseaba pasar a visitarte, pero he estado muy ocupado. Continúa, por favor. Se han contado tantas cosas increíbles sobre Cornelio…

—Lo conocías mejor que nadie, fuiste su amigo de juventud. Nunca se consideró un simple siervo de Augusto, discutían sobre asuntos de gobierno. Pronto empezaron a circular rumores de que había criticado al emperador y las habladurías fueron creciendo. Después se dijo que Cornelio mandaba levantar grandes obeliscos para celebrar sus victorias en Egipto, que se sentía un nuevo faraón… Fue acusado de alta traición y le forzaron a suicidarse.

—Lo siento, Gala. Deseo que descanse y que la tierra no pese sobre sus restos —dice él.

—La enemistad de Augusto no acaba en la tumba. Dicen que ha ordenado borrar su nombre incluso de tus versos. ¿Es verdad que saldrá a la luz una nueva edición de tus poemas sin la alabanza que escribiste sobre mi hijo?

Se siente incapaz de responder. Le han obligado a traicionar en público a su amigo caído en desgracia, a suprimirlo de su obra para evitar que Cornelio Galo sea recordado a través de las cariñosas palabras de alguien que le quiso.

—Gala, poco puedo decir en mi defensa. Lo he hecho a mi pesar. Otros marcan mi camino.

—¿Qué estás haciendo, Publio? Siempre has sido un buen hombre. ¿De veras vas a convertirte en el propagandista de Augusto?

Las arrugas en torno a sus ojos envejecidos retienen las lágrimas antes de dejarlas caer rodando. Una luz turbia se cuela por las ventanas protegidas con pieles.

Él se hace preguntas. ¿Sería justo decir que sí, que siempre quiso actuar bien, o al menos elegir el menor de los errores, y que los tiempos no le han dejado? ¿O hacía falta más valor, más energía, más integridad de la que él ha tenido nunca?

—Hasta pronto, Gala. Espero que tengas salud —dice, y sale.

No tiene ganas de volver a su casa en el Esquilino, la mansión que le han regalado por sus servicios al emperador. Gala ha acertado dolorosamente con la expresión: el propagandista de Augusto. El sol de otoño cae sesgado, filtrándose en esos rayos de color oro oscuro que tanto le gustan. Deambula sin ningún fin concreto, absorto en sus pensamientos, algo que le sucede muy a menudo en los últimos tiempos.

"Todos luchamos por la grandeza de Roma", la frase retumba en su cabeza, pero duda si la ha oído en labios de Augusto o fue su amigo Galo quien la pronunció al consagrarse a la lucha política y dejar la poesía sólo para tiempos de ocio. Fue precisamente Galo quien le presentó a Augusto y su círculo. Cuando callan las armas y la palabra despliega su fuerza, el poder necesita rodearse de hombres que sepan contar historias. Augusto lo comprendió pronto, pronto empezó a pedir a sus protegidos que escribiesen un canto épico para el Imperio romano. Por alguna razón, él sufrió más presiones que los demás. Poco a poco, sin saber cómo, quedó claro que el temible encargo sería para él.

Se detiene junto a un mendigo mutilado que pide limosna en una callejuela. Escucha la historia de sus infortunios y, terminado el relato, incapaz de resistirse a un buen narrador, le da varias monedas. Al fin y al cabo, el pordiosero y él cuentan sólo con sus implorantes palabras para seducir al mundo.

Sigue adelante, sin rumbo, soñando con el pasado. Recuerda el día en que Augusto le dijo:

—Escribe, Virgilio, un poema sobre la guerra, el valor de los hombres y el destino de Roma. Te aseguro que nada te faltará mientras trabajas. Pero no me decepciones. Juega limpio conmigo y comprobarás lo generoso que puedo ser.

Duda si la conversación sucedió así en realidad. Cree que al menos la última frase —juega limpio conmigo y comprobarás lo generoso que puedo ser— pertenece a otro momento, al día en que Augusto le ordenó eliminar de su poema el elogio de Galo. Cuando el emperador mira fijamente a alguien, le agrada que baje los ojos, como delante del sol.

Todos esperan una gran obra, tan grande como la Ilíada, igual de memorable en los siglos futuros. Para que pueda crearla, le han liberado de preocupaciones materiales, le han regalado una casa llena de lujos, han puesto a su servicio una tropa de esclavos y amanuenses. El encargo está pagado de antemano, muy bien pagado. Augusto conoce el precio de las palabras y está decidido a ponerlas a su servicio:

"El poderío de Roma se fortalece gracias a sus tradiciones y a sus héroes".

A pesar del tiempo transcurrido, ha sido incapaz de escribir una sola línea a la altura del encargo. Se siente paralizado. Esta exigencia, este loco y descomunal trabajo, es demasiado para él. Cada vez que lo piensa, su estómago se retuerce. Por la noche, despierta sudando.

Y Augusto empieza a impacientarse. Desde Hispania, donde está combatiendo contra los cántabros, el emperador le escribe cartas pidiendo con insistencia "el primer borrador del poema o un pasaje cualquiera". Al principio, era cortés y rogaba, ahora utiliza un tono amenazador. Reuniendo todo el valor de que es capaz, ha contestado: "En cuanto a mi Eneas, te juro que si tuviera ya algo digno de tus oídos, te lo enviaría gustosamente, pero esta tarea es tan enorme que casi me parece haberme embarcado en algo tan grande por enajenación mental".

Sabe que no podrá poner a prueba la paciencia del emperador durante mucho tiempo más. La campaña cántabra ya está decidida. Augusto ha fundado las ciudades donde se instalarán sus veteranos, una Emérita Augusta, una Cesaraugusta y, colmado su afán de pasar a la historia por vía de la toponimia, pronto regresará a Roma.

Si ha dado órdenes de que le sigan y le vigilen, a su regreso de Hispania encontrará un informe detallado de sus vagabundeos por la ciudad y de sus compañías inapropiadas. Así sabrá que en la gran casa del Esquilino los copistas están inactivos, que el poema permanece estancado, que la grandeza de Roma no tiene cantor.

Se pregunta qué sucederá entonces. Tiembla sólo de pensarlo. Habrá duras represalias contra él, que quizá alcanzarán también a su familia, a sus padres y sus hermanos.

¿Podría hacer comprender a Augusto que él nunca será capaz de escribir grandes versos sobre las guerras épicas de Eneas en Italia? En cambio, el poema cobra vida cuando piensa en los remos y los vientos, en la orilla de Cartago batida por las olas, en las constelaciones que se bañan en el mar, en las heridas calladas, en los vaivenes del destino, en el tiempo breve y sin retorno, en la blanca luna iluminando los caminos, en las espumas del canoso oleaje, en los sueños que forjan los que aman, en las manos de Elisa.

III. Sangre

Eneas

Ya es demasiado tarde para volver sobre mis pasos, demasiado tarde, aunque todo esto podría ser un error. Miro a mis hombres. En el iris de sus ojos veo reflejadas las hogueras del campamento nómada que se perfila en la distancia.

—Alto —digo.

Tengo la boca seca, los dedos sudorosos. Empiezan esos momentos, justo antes de la lucha, en los que es difícil dominarse.

—Escuchadme —continúo en voz baja, porque en apariencia no hemos sido avistados y la paz de la noche acuna a nuestros adversarios—. Nos dividiremos en dos destacamentos y atacaremos por ambos flancos a la vez. Recordad que hemos venido para tomar prisioneros vivos, no disparéis a matar si no es necesario. Que no haya heridos entre los niños y las mujeres.

Acates y yo deliberamos entre susurros. Después distribuimos a los hombres en dos grupos. Antes de entrar en acción, pongo mi brazo en el hombro de cada uno, agradeciendo su lealtad con la presión de mi mano. Todos ellos me han seguido sin protestar en esta marcha a través del desierto rojo, donde la arena absorbe los pasos y el polvo abrasa la mirada, buscando durante horas, sin guía ni orientación, el lugar de acampada de los nómadas.

—Caeremos sobre ellos por sorpresa —digo a los guerreros de mi destacamento—. Avanzaremos en silencio hasta aquellos árboles y desde allí, cuando os dé la señal, nos lanzaremos al galope.

Sigilosamente, caminamos hacia los extraños árboles recortados en un cielo nocturno de color violeta. El soplo del viento ha dejado al descubierto sus raíces como raras extremidades. Mientras nos acercamos, se diría que los árboles se mueven con lentitud sobre oscuras patas de araña. El vértigo y la repulsión se apoderan otra vez de mi cabeza. Mi cuerpo se rebela ante la idea de sembrar el terror en la tranquila aldea que descansa entre la desnudez de las dunas. Siento el impulso de dar media vuelta, un anhelo de tranquilidad lejos de la batalla. Pienso en las manos de Elisa; desearía hundir la cara en ellas, esconder el rostro, descansar allí de todas las fatigas, descansar de ser Eneas, mecerme en la calma de sus brazos.

Hemos llegado. Esperamos donde las azuladas sombras de los árboles se funden unas con otras.

—¡Ahora! —grito, y nos lanzamos galopando entre nubes de polvo.

El estrépito de nuestras voces se entremezcla con un sonido de tambores en la aldea. Junto a una de las cabañas de paja, un nómada empuña una lanza. Lisandro, a mi lado, le atraviesa el pie con una flecha y lo deja clavado en el suelo, retorciéndose de dolor.

Avanzamos como una exhalación entre las calles de chozas. Las mujeres aferran a los niños y buscan refugio. Varias embarazadas corren abrazándose el vientre con torpeza. Llegamos, sin apenas encontrar resistencia, al centro del campamento, donde arde una gran hoguera.

Experimento de nuevo la fuerte sensación de irrealidad que siempre se adueña de mí en el estruendo del combate. Me encomiendo a los dioses.

Galopamos en círculos alrededor de la hoguera, blandiendo las espadas y las lanzas. Por todas partes se eriza la negra mies de las armas. Desde los caballos, derribamos a los indígenas que nos hacen frente, el metal atraviesa la carne y destroza huesos, se elevan gritos atroces.

Un nómada sopesa la lanza a la altura de su oreja. El proyectil sale despedido y hiere a mi buen Asio en las sienes, clavándose en el cerebro. Le veo caer palpitante, con los brazos extendidos hacia sus compañeros, mientras la muerte hiela sus ojos. Respirando furia, Ilioneo desmonta, corre hacia el asesino de Asio, le traspasa las costillas con la espada y vuelve a clavarla una y otra vez hasta romperle el pecho.

—¡Mantened la calma! —grito.

En ese momento, Acates y los suyos desembocan desde el extremo opuesto del poblado y confluyen con nosotros. Nuestra superioridad resulta evidente: somos más numerosos y estamos mejor armados. Como consecuencia, varios nómadas jóvenes se escabullen en la oscuridad.

—No les persigáis —ordeno—. Ya tenemos suficientes cautivos. Regresamos.

De pronto, una flecha surge de las sombras y con un crujido se clava en el cuello de Anfio. Antes de morir, se vuelve hacia mí y vomita un río de sangre caliente que me salpica. Después se desploma. Sus costados pulsan como en un largo sollozo. Cloanto acude a ayudarle. Otra flecha, y otra más, pasan veloces sin acertar a nadie. La última surca el aire cerca de mí. Su silbido es la canción de la muerte en combate, el mortal canto que, una vez oído, nunca se olvida.

No podemos ver al arquero nómada que dispara las flechas. Levantamos los escudos y nos protegemos con ellos. De pronto y a pesar de la coraza, Ilioneo cae herido en pleno vientre. Un segundo proyectil le alcanza mientras intenta levantarse. Su cuello se derrumba sobre los hombros, rueda el yelmo.

El arquero Anteo toma posición al abrigo de mi escudo. Puedo oírle temblar junto a mí. Gritando con todas sus fuerzas, Acates desmonta, agarra una rama que arde en la hoguera y prende fuego al techo de paja de una choza. Las llamas crepitan. Vuelve a sonar el ruido agudo de una flecha, que no acierta a Acates pero se clava en el pecho de su caballo. Yo desplazo el escudo con el que protejo a Anteo, él apunta, dispara hacia la oscuridad de donde proceden las flechas y después vuelve a refugiarse. Toma otro proyectil, lo coloca y tensa la cuerda a lo largo del hombro. Justo entonces retiro de nuevo el escudo para permitirle tirar. Repetimos estos movimientos hasta que vacía su aljaba. Mientras tanto Acates prende fuego a las cabañas una por una. El incendio crece rugiendo en el aire. Dentro de una choza, rompe a llorar un recién nacido.

Por fin, el tirador oculto sale corriendo como un gamo. Cloanto se coloca frente a él y lo derriba con la lanza. El asta se clava en el corazón, que hace vibrar la pica con sus últimas palpitaciones. Mientras el arquero nómada agoniza, mis hombres lanzan vítores de triunfo.

Grandes nubes de humo se elevan sobre la aldea. Las chozas se consumen convertidas en cenizas que flotan como plumas grises. El llanto del niño se agota. La arena está empapada de negra sangre.

Un escalofrío momentáneo me recorre. Doy orden de recoger a nuestros muertos y cargarlos a lomos de los caballos.

—¿Hay heridos graves? —pregunto.

—La muerte nos ha robado a Asio, Ilioneo y Anfio, los demás sufrimos sólo rasguños —contesta Cloanto—. Hemos capturado cinco prisioneros. El resto de los nómadas han huido, agonizan o están muertos.

Mientras se organiza la marcha, escucho un murmullo apagado. Me adentro entre las ruinas del poblado, alerta, tenso, el arma en la mano, guiándome por el oído. Junto al esqueleto de una choza, encuentro a una joven madre arrodillada en el suelo, abrazando el cadáver de un niño de pecho. Aunque su hijo es sólo un despojo ennegrecido, ella le sonríe y canta una nana con voz dulce. Envaino la espada y vuelvo con mis hombres. La tenue hebra de sonido no se rompe ni siquiera al alejarme.

Terminados los preparativos, emprendemos el camino en silencio. Los prisioneros, cuatro hombres y una mujer, nos siguen andando por su propio pie, atados en hilera. Damos la espalda al campamento devastado por el fuego, a la arena ensangrentada, a los cadáveres que hemos sembrado, a la canción de cuna.

Me gustaría pensar que esta noche he cumplido con un difícil deber. Es bueno enseñar a estos pueblos nómadas, sin ciudades ni leyes, a respetar la justicia. Quiero creer que la causa de Elisa es la mía, que estamos unidos por la misma nostalgia, por los mismos planes. Ella me ha hablado de su deseo de fundar, en este desierto, un oasis humano, como Tiro, como Troya, con sus dioses, sus templos, sus plazas, donde los trabajos de los hombres y sus mejores habilidades puedan prosperar. Me gustaría pensar que una era de tranquilidad pondrá fin a la era del peligro. Que las armas callarán, que serán desplazadas por la calma de las caravanas, por los oficios de la paz. Que se acabará este loco afán de matar.

Quiero creer que hoy he cumplido con mi difícil deber.

Nada se mueve salvo la arena, dejándose modelar por el viento, y nosotros, que regresamos oscuros, en la noche silenciosa, a través de las sombras.

Ana

Yulo, eres un niño callado y cuando hablas, dices en tu lengua troyana palabras desconocidas, tan extrañas que parecen un trabalenguas. Bar bar sira nisa nonsa tran, así suenan. Pero yo te enseñaré mi manera de llamar a las cosas. Escucha bien. Mar. Olas. Cielo sin nubes. Altas, altas gaviotas. Y esto es un escarabajo abriéndose su caminito en la arena. No tengas miedo de los escarabajos, por muy negros que los veas. En cambio, cuidado con los escorpiones que se esconden bajo las piedras, los escorpiones sí hacen daño.

¿Te acuerdas hace dos días, en el barrio de los tintoreros? Viste a los hombres con los brazos rojos, porque los hunden en los barreños de tinte púrpura y se les colorean. ¡Cómo te asustaste y te echaste a llorar! También en el palacio, desde que duermes en mi habitación, todas las noches, justo después de que apago la vela, tú bajas de tu cama y, despacio, para no molestar a los espectros de la noche, sin que se enteren los duendes que roban el sueño a los niños, vienes a acostarte conmigo. El primer día, volcaste el orinal, y ¿quién tuvo que limpiarlo por la mañana?

Lo sé, lo sé, tienes miedo porque viste cosas malas en la guerra de Troya. ¿Echas de menos sentarte a los pies de tu abuelo para que te cuente cuentos de caballos con alas y viejos pájaros sabios? ¿Te acuerdas de tu madre que hasta hace poco te llenaba la boca con su leche y olía bien y te acunaba en la oscuridad? Sí, tienes miedo por todo lo que has perdido.

Yo te comprendo, Yulo. Cuando era niña como tú, sufría porque me decían la pequeña bastarda del rey. Mi padre no me quería. Venía a nuestra casa a veces, pero no se ocupaba de mí. Sólo le gustaba que mi madre se levantase la túnica y le enseñase la tripita. Entonces yo me retiraba a un rincón, esperando hasta que se marchaba. Mi madre era buena, pero murió, igual que la tuya. Me cuidó mi media hermana, Elisa, igual que yo cuido ahora de ti.

Porque nosotros también somos como hermanos. ¿No te habrás olvidado de nuestro pacto de cicatrices? Aquí mismo, en esta playa, jugábamos otro día y tú me tocaste la mancha morada de la cara. La seguiste con el dedo, por todo el borde, lenta, tiernamente. Y después me señalaste una cicatriz que tienes en la pierna. Pasé el dedo por encima, te dije lo bonita que es, y así quedamos como hermanos.

Ven, ven, vamos a recoger las conchas que brillan entre la arena, ya verás qué gusto cuando las olas te lamen los talones. Mira, ésa de allí, tráemela, te espero sentada en el agua, mientras la arena se cuela entre mis dedos y toma la forma de mis piernas.

Estas conchas servirán para adornar nuestra casa de arena. Échalas en la falda de mi túnica, así. Dame la mano. Fíjate, por la arena acanalada del fondo, cerca de nuestros pies pálidos, camina un cangrejo de patas acorazadas.

¿Te gustan los pájaros acuáticos? Ese pájaro de cola bailarina es una lavandera. Si corres la asustarás y echará a volar. ¿Ves? Ya te avisé. Túmbate en la arena conmigo y te contaré un secreto. Si sigues a los pájaros con la mirada, ya no son ellos los que suben, sino nosotros que caemos, ¿a que sí?

Allí las palmeras golpean sus cabezas contra el cielo. Me gusta esta luz inclinada del otoño y este viento que forcejea entre los tamariscos lo mismo que un animal atrapado en una red.

Estoy cansada, hemos corrido hasta ese lado de la bahía con el aire entre las piernas como un invisible caballo al que fustigábamos, hemos saltado de roca en roca apretando los codos contra las caderas, hemos hecho un palacio amurallado con techo de algas, hemos recogido piedras y las hemos tirado al agua. Mientras tú haces un hoyo para enterrarme los pies, déjame quedarme larga. Se está bien así, tumbada sobre el costado, la mano bajo la oreja. Siento ganas de dormirme.

Pero, con el oído en el suelo escucho un ruido, un lejanísimo eco, parecido al latido de mi corazón. El sonido crece, viene hacia nosotros. ¿Qué será? Cierro los ojos, los abro. Calor en la cara. El cielo quieto, el mar en movimiento. Vuelvo a cerrar los ojos y entonces, de pronto, comprendo.

Yulo, ven, levántate, agárrate a mi cuello, date prisa, son cascos de caballo y se están acercando. Tenemos que volver al agua, escondernos junto a las rocas, antes de que lleguen.

Son las hordas nómadas, Yulo, que no nos atrapen.

Corro con todas mis fuerzas, no te sueltes, abrázame. Entro en el mar levantando salpicaduras, el agua se enturbia de arena y barro. Yo les doy la espalda, pero tú los ves, sus figuras fantasmales a caballo, cabalgan con estrépito, llegan. Yulo, no mires, toma aire y oculta la cabeza en mi pecho, el agua está fría, las olas nos mojan la nariz, nos cubren, ellos apenas nos ven. No vienen a por nosotros, galopan hacia la ciudad. Adivino lo que harán, lanzarán una lluvia de flechas por encima de la muralla. Son flechas envenenadas, Yulo, pero si aguantas escondido en el frío del agua, no podrán dispararnos. Mi cuerpo te rodea y es tu escudo. Mira los reflejos del atardecer dorado en el mar, el agua se está convirtiendo en miel, luego iremos a comerla, fíjate cuánta miel, nunca habías visto tanta miel junta.

Los cascos se alejan. Respiro, respiro. Tu cálido aliento acaricia mi oreja. El peligro ha pasado, pero vamos a quedarnos quietos todavía un rato. Ahora que ya estamos a salvo, me gusta estar apretada contra ti y tener un poquito de miedo aún.

Eneas

Por fin descanso al calor del fuego, tras un día de marcha cruzando el desierto, inseguro del rumbo, con el aire borrando el perfil de las dunas.

—Mañana, antes del mediodía, llegaremos a Cartago —digo.

—Espero que podamos zarpar pronto y dejar estas costas. Los hombres están inquietos —contesta Acates.

Miro la hoguera. El viento hace humear y agita las llamas. Acates sigue comiendo de la escudilla. Cuando termina, se lame los dedos.

—¿Cuánto tiempo necesitaremos aún para reparar los barcos? —pregunto.

—Los trabajos avanzan despacio. Además, debemos protegernos. Ahora los nómadas nos miran como enemigos. Deberíamos construir una empalizada y un foso alrededor de las naves. Transcurrirán varias lunas antes de poder partir.

Yo también dejo la escudilla en el suelo.

—Me voy a dormir. Cae ya la noche y conviene obedecerla. Nos pondremos en marcha al alba.

Me levanto pero no me dirijo a la tienda de campaña. Los prisioneros han cavado con las uñas fosos en la arena para dormir. Me acerco a ellos y sacudo el hombro de la mujer joven. Retiro la arena que cubre su cuerpo y la desato. Le hago una señal para que me siga. Ella obedece, frotándose las muñecas.

Ya en el interior de mi tienda, enciendo una lámpara y la cuelgo del mástil, donde alumbra mi coraza, mis grebas ajustadas con tobilleras, mi espada de clavos de plata y mi alto escudo.

—Ven —susurro a la mujer.

Ella no entiende mis palabras y vacila. Me acerco. Durante todo el día la he observado; en su brazo supura una herida abierta de cuchillo y, aunque de sus labios no brota ni la más leve queja, el dolor enturbia sus ojos. Tomándola de la mano, lavo su herida cuidadosamente, como he hecho tantas veces con mis hombres después de la batalla.

—Te dolerá, pero sólo será un momento —le digo, para sedarla con mi voz tranquilizadora. Cuando vierto el vino, le escuece y brota sangre fresca.

¿Qué estoy haciendo en realidad? He atacado la aldea de esta mujer y la he tomado prisionera. La llevo a Cartago, donde la torturarán intentando averiguar quién asaltó la caravana. Quemarán y herirán su carne hasta que pierda el sentido, y entonces la dejarán para reanudar más tarde el suplicio. ¿Qué sentido tiene curarla si mañana la entregaré al verdugo para que maltrate su cuerpo?

—Mira, ya está limpia.

Ella rehúye mi mirada, pero su mano se agarra a mi brazo mientras manipulo la herida, y alguna vez se crispa. Tiene las uñas sucias a causa del trabajo. Es menuda y morena.

—Ahora te vendaré.

En el ataque al poblado, sus familiares huyeron dejando atrás a la muchacha, y ahora es nuestra prisionera. Me pregunto qué piensa de ellos, me pregunto si les maldice en su interior.

—Ya hemos acabado. La herida cicatrizará pronto.

La mujer se levanta. Con movimientos ágiles, se quita las pieles que cubren su cuerpo y se tumba desnuda en mi lecho. Así es como ella ha interpretado mis atenciones, los cuidados del amo a su nueva propiedad antes de tomar posesión. Acepta la ley de la guerra, aunque ahora ella es su víctima.

Me inclino a su lado y la acaricio. Rozo con mis dedos el calor de su garganta, su hombro, el brazo donde enrosca sus anillos una serpiente tatuada, los pechos de grandes areolas, el vientre, la concha del sexo.

Veo huellas de una maternidad reciente. ¿Dónde está su hijo?

Ella mantiene los brazos inertes a lo largo del cuerpo y a medida que nota mi contacto frunce la cara, apartando de mí los labios y los ojos.

Tenuemente, como algo que resucita después de llevar largo tiempo muerto, regresa a mí el recuerdo de esa mañana en Troya. Una misión peligrosa me había tenido ausente durante tres lunas. Mientras volvía a casa, el cuerpo de mi joven mujer se dibujaba en mi mente, un cuerpo claro y añorado. Las criadas me abrieron las puertas. Vi el miedo y la confusión en sus caras.

¡Creúsa! ¡Creúsa! ¿Dónde está mi mujer?

Estará tejiendo en el telar, amo.

¿Por qué no viene a darme la bienvenida?

Dejé atrás a las siervas y a la despensera retorciéndose las manos. Corrí a través del patio. La habitación de Creúsa estaba cerrada. Entré en la mía, abrí la puerta intermedia e irrumpí en su alcoba. Había un hombre en la estancia de mi mujer. Lo reconocí al momento, un guerrero al que las heridas habían apartado del frente. Poseído aún por la furia del combate, me abalancé sobre él antes de que pudiera resistirse y le clavé la espada en el costado. Dos veces lo herí y con dos gemidos dobló las rodillas. La cabeza chocó contra el suelo. Me salpicaron las gotas negras de su sangre.

Acaricio la cara interior de los muslos de la mujer, mis manos recorren sus piernas y se cierran alrededor de sus pies como dos pececillos. Después me levanto y la cubro con una manta.

—Duerme —le digo—. Pido a los dioses su bendición para tu sueño.

Ella gira la cabeza y me mira por primera vez a los ojos. Parece preguntar qué puede esperar de mí, quién soy yo, el hombre a la vez bueno y malo.

Salgo de la tienda. Un centinela camina a pasos regulares alrededor del campamento, sin perder de vista el desierto de peligros en torno a nosotros. Me siento junto al fuego y extiendo las manos.

Veo otra vez a mi mujer sosteniendo a Yulo sobre la cadera, tapándose la boca con espanto. Alojada en mí como un cuchillo, queda la visión de su cara al mirar el cadáver, al mirar la sangre brotando con ímpetu. Creo que avancé hacia ella con la espada ensangrentada, nublada la mente.

Las imágenes permanecen claras, pero el recuerdo se vuelve confuso.

Apártate. Apártate. ¿Estás loco?

Ella llevaba un puñal en la mano, debió tomarlo del cinto que su amante se había quitado al desnudarse. Mientras me iba acercando, ella lo levantaba. No puedo olvidar sus nudillos blancos aferrando la empuñadura.

¡No!

Creúsa retrocedió hasta tropezar con la pared. El pecho le subía y bajaba con ansiedad.

¡No!

Entonces Yulo rompió a llorar. Lloró y lloró hasta ahogarse, gritando al borde de la asfixia, con auténtico terror de niño. Su madre y yo, los dos con el arma en la mano, acusados por el llanto, miramos al pequeño. Creúsa bajó el puñal y chasqueó la lengua para calmarle.

Ah, ah, mi niño.

Di media vuelta y salí de casa.

¿Para qué sirvió matar? No borré la traición. No sentí alivio en la venganza. No sé si demostré algo. La ira surgió arrolladora y después se vació. Acabé con un hombre desarmado que suplicaba por su vida, eso es todo. Los años me habían acostumbrado al combate, donde los hombres se lanzan unos sobre otros como lobos. Fueron tiempos de furia, la guerra se había filtrado hasta lo más profundo de nuestros sentimientos. En medio de la lucha, la vida era una marea menguante.

Envié a un hombre, a un hombre más, al ejército de los muertos, allí, en la habitación de mi mujer, donde olía a esencia de limón. Desde ese día, ella me tuvo miedo y yo la odié. Nunca volvimos a hablar de aquello. Las palabras no lavan la sangre.

Oigo la respiración de la mujer nómada dormida en mi cama. Quizá yo he matado al hombre que se acostaba a su lado en la aldea. ¿Acaso estoy buscando el perdón de esta muchacha a la que los suyos abandonaron cuando huían?

Fuera del círculo del fuego, vuelven los pasos del centinela. Su figura se recorta a la luz de la luna que asoma tras las nubes pardas. Admiro por un momento su forma de encarar, en la intemperie de la soledad, tranquilo y en silencio, los peligros del mundo. Ruego a los dioses que nos permitan encontrar un pequeño territorio donde empezar una vida limpia de injusticias y profanaciones, una costa tranquila con agua y aire libres para todos.

La mujer sigue durmiendo en mi tienda. Pasaré la noche junto a los rescoldos del fuego.

Eros

Salgo a buscar a Elisa en el jardín de su palacio.

Qué lugar…

Acostumbrados a la eternidad, y un poco cansados de ella, los dioses encontramos irresistibles los paisajes efímeros que habitan los humanos. Sí, sí, sabemos que aquí abajo los mortales sueñan con edificar ciudades e imperios para siempre, imperecederos, pero lo que a nosotros nos gusta son precisamente los decorados cambiantes de su mundo.

Este palacio, por ejemplo, que hace unos años ni siquiera existía en la imaginación de nadie, la colina de la ciudadela, las avenidas de árboles que se abren hacia el mar, y estos cedros, estos limoneros, los reflejos quebrados en el agua, los insectos y los colores violentos, la variedad y la abundancia del paso del tiempo que los dioses desconocemos allá en nuestra cumbre del Olimpo.

Pero, por los doce trabajos de Hércules, no estoy aquí para disfrutar, la obligación me llama.

Encuentro a Elisa junto al estanque, bajo una higuera. Acaricia la superficie del agua, moviendo las escamas de sol. Olfateo a su alrededor para hacerme cargo de la situación. Ella sabe que Eneas, de regreso del desierto, ha sido avistado esta mañana por los vigías. Ya debería estar en palacio, piensa con inquietud. Cuando cree verlo en la figura de algún servidor que va y viene atareado, una súbita marea de emoción la deja sin aliento.

Entre tanto, espera mirando, a una cierta distancia, recortado sobre la barrera de bambú, el perfil de Ana que descansa en el suelo con las piernas cruzadas. A su lado, en cuclillas, Yulo rodea con el brazo a uno de los perros de palacio. Los dos observan al jardinero mientras talla a cuchillo una figura de madera que será para ellos. Un caballo va naciendo de la rama de pino. Virutas amarillas y rizadas caen, los niños ponen las manos en forma de cuenco para recogerlas en pleno vuelo. El aire fresco, salino, les revuelve el pelo.

Elisa tiene un presentimiento: de un momento a otro, en esta imagen enmarcada por la higuera y las parras que trepan, preparada ya para ser recuerdo, hará su aparición Eneas, el ausente.

Éste es el escenario. Me pongo a trabajar.

¿Qué está pensando Elisa? Le acaricio el pelo y palpo la agitación de sus ideas bullendo por debajo. Intenta calcular a qué edad fue padre Eneas. Se pregunta: ¿Será mucho más joven que yo? ¿Cinco inviernos? ¿Diez? Y aquí se detiene, asustada.

Ideas como éstas acobardan a Elisa, necesito darles un giro. Por suerte, los pensamientos de los humanos admiten todo tipo de inflexiones, brillan y se oscurecen muy fácilmente y de forma repentina.

Susurro en su oído. Recuerda cuando allá en Tiro contemplabas con envidia a las mujeres embarazadas, mientras tu seno dormía frío y yermo. Recuerda el bulto de sus vientres, sobre el que apoyaban sus manos. Recuerda sus pechos al amamantar, que te parecían enormes, con su red de venas azules, frente a los tuyos, frágiles. Recuerda que, al principio, quisiste un heredero para colmar tus ambiciones de llegar al trono, pero luego empezaste a desear un hijo porque lo pedía la voz de tu sangre y tu carne. Recuerda todo lo que hiciste para conseguir gestar un hijo: los sacrificios a los dioses, los conjuros, la pócima de mandrágora.

Cambio a su otra oreja. Continúo. Piensa que quizá no era culpa tuya. Piensa que pudo ser la semilla estéril de Siqueo, tu tío, con el que te casaron siendo tú muy niña y que era tan viejo como tu padre el rey. Piensa que la maternidad aún sería posible con Eneas, tu elegido, un hombre en todo su vigor que ya ha engendrado un hijo. Piensa que una oportunidad como ésta no volverá a presentarse: si no es ahora, pasará tu tiempo para siempre.

Me aparto y dejo que Elisa construya su ficción prestándole sus propias palabras. Esa ficción de quien empieza a amar y dice: "Él es justo lo que yo necesitaba. Cuántas casualidades, cuántos accidentes se han encadenado para que encuentre a alguien con las medidas exactas de mi deseo".

Y ella, que ha vivido siempre en un mundo de reyes, movido por afanes de poder, siente que la arrastra por primera vez el anhelo de descansar en otro, el otro recién encontrado. Es la alegría de proyectarse a una vida nueva, algo que parece sencillo, pero exalta a los mortales cuando lo creen al alcance de la mano. Yo lo llamo el relámpago interior.

Ya he vuelto a hacer el encantamiento y otra vez lamento que el mago quede siempre fuera, expulsado del prodigio, privado, por su poder mismo sobre las ilusiones, de la capacidad de maravillarse.

Distraído por estas meditaciones sobre el oficio, dejo pasar a un heraldo que sólo debía entrar en escena después de la llegada de Eneas. Qué error.

—Reina —dice el heraldo—, han regresado las dos expediciones que enviaste contra los nómadas. El troyano y sus hombres acaban de entrar en la ciudad. Las tropas que partieron a las órdenes de Malco el Escudo aguardan a las puertas de la muralla. Piden tu permiso para desfilar por la ciudad hasta la cárcel, donde encadenarán a los prisioneros.

—Diles que les esperaré allí para honrarles y darles la bienvenida.

Suena un grito de excitación. El caballo de madera de los niños está acabado, Yulo lo hace trotar sobre el lomo del perro y por la empalizada de bambú. Ana desata los nudos de un pañuelo lleno de dátiles. Yulo toma uno entre sus dedos y lo acerca a la boca de su juguete antes de probarlo él.

Elisa lanza una mirada hacia el borde del agua, donde un instante antes se entretenía elaborando ensueños diurnos. Se aleja del lugar con una sonrisa fugitiva, involuntaria.

Elisa

El viento se cuela entre los pliegues del manto mientras contemplo, quieta a lomos de mi caballo blanco, el regreso de mis hombres. Estoy junto a la cárcel, en el mismo lugar donde, hace menos de una luna, vi a Eneas por primera vez.

Elibaal el Arco detiene su caballo junto al mío.

—¿Sabes ya lo que ha sucedido?

—Lo he sabido hace apenas un instante. Las malas noticias no encuentran fácilmente mensajero —digo.

—No puedo creerlo… Parece que nos persiga una maldición.

—Es doloroso —le contesto—. Pero la muerte llega cuando las diosas hilanderas deciden cortar la hebra de la vida. Es así para todos.

Hablo sin alejar la mirada de los prisioneros capturados en la expedición. Caminan en fila atados por el cuello, formando una cadena oscura. Tienen los ojos rojizos a causa del polvo, arrastran los pies, traen la fatiga y el espanto retratados en el rostro.

—Reina, cualquiera de nosotros moriría feliz por ti y por la ciudad. Es un honor caer en el campo de la guerra —dice Elibaal, con un alborozo extraño.

Mi caballo resopla bruscamente haciendo chasquear los belfos. Inclino el cuerpo y le doy unas palmadas en el cuello. Dejo las palabras de Elibaal sin respuesta. Sin embargo, sé que algo guarda en el pecho y no descansará hasta decírmelo. Le conozco.

Entre las hileras de guerreros armados, discurre un largo reguero de prisioneros: hombres, mujeres, niños con los pies hinchados. Me fijo en las marcas de látigo que les surcan la espalda, las piernas manchadas por la diarrea. Todos, incluso los más jóvenes, parecen viejos. El polvo del camino se ha agrietado en su piel y les ha ahondado las arrugas. La derrota está arando sus caras, abriendo en ellas nuevos surcos.

—Son excelente mercancía —observa Elibaal—. Conseguiremos un buen precio por ellos en los mercados de esclavos.

—No hay duda. Un gran botín —contesto.

Cruza ante nosotros una carreta que arrastra una jaula de madera. Entre los barrotes asoman brazos magullados. Los caballos tiran del pesado carro adelantando el pecho.

—Algunos no son más que huesos y piel, otros están malheridos —dice Elibaal, señalando a un niño con el pecho rayado por las costillas—. Reina, creo que lo mejor será alimentarlos hasta que engorden para venderlos mejor.

—De acuerdo. Ocúpate de todo. Cuando estén listos, navega con ellos hasta los mercados de la costa y trae a cambio las naves cargadas de trigo. Hay que abastecer los graneros para el invierno —digo.

En el cielo se ciernen unas nubes azul barro, la brisa es húmeda y la luz, extraña, de una luminosidad gris que hiere la vista.

—El troyano ha traído un pequeño número de prisioneros, cuatro hombres y una mujer —dice Elibaal—. He dado
orden de que los encierren en una celda. Si das tu permiso,
reina, los destinaremos al tormento. Proceden de un poblado
cercano al lugar del asalto a nuestra caravana. Por ellos podremos saber quién lo hizo.

—¿Eneas no participa en el desfile? —pregunto.

—No, reina. Entregó a los prisioneros y se fue en silencio hacia palacio. No quiso tomar parte en la fiesta de nuestra ciudad.

Un ave marina blanca, deslumbrante contra el vientre gris
de las nubes, se lanza en picado, chillando. Me envuelve un
aliento húmedo venido del mar.

La gente se congrega en torno al desfile. Los hombres gritan al paso de los esclavos, algunos incluso azuzan a los perros
contra ellos. Los prisioneros aprietan los labios secos y avanzan arrastrando los pies. Me cansa esta ceremonia a la que estoy obligada a asistir. El gentío y el ruido me hacen sufrir. ¿Por
qué tanto odio, por qué tanta fanfarronería? ¿Por qué se agita
así la muchedumbre? ¿Por qué se pavonean los guerreros? Hay
mucha más dignidad en la silenciosa ausencia de Eneas.

Eneas y yo nos hemos sentido unidos desde el comienzo.
Algo muy importante nos es común. Los dos somos exiliados, fugitivos de nuestra tierra natal, viudos. En nuestra
huida, los dos lo perdimos todo y sólo fuimos capaces de salvar a un niño —Yulo, Ana—. Hemos sido navegantes sin
rumbo, ahora debemos edificar el futuro con nuestras propias manos. Y además estamos condenados a ser fuertes porque los dos somos reyes.

Tantos parecidos no pueden ser un mero azar. Algún dios ha traído a Eneas hasta mis costas. Sí, Cartago es su puerto de llegada, aunque él no lo sabe. Todavía hay una herida que vive callada en su pecho, todavía es fuerte en él la llamada del pasado, la voz que le habla de los muertos. Pero vendrán días mejores, volveremos a sentir alegría en nuestros corazones desacostumbrados.

Un carro chirría en el camino. En su interior hay varios cestos llenos de cabezas cortadas. Bocas abiertas, ojos fijos, pelo ensangrentado.

—Mañana —exclama Elibaal— colocaremos alrededor de la muralla una hilera de estacas erizadas de cabezas. Los nómadas entenderán la advertencia. Les hemos demostrado el poder de nuestras armas.

El gentío redobla los gritos. Aclama el nombre de Malco el Escudo, que desfila con su armadura de gala. Aplauden, saludan, gritan: "¡Nuestro protector!".

—Malco el Escudo ha conquistado la admiración de toda la ciudad —dice Elibaal, envidioso.

—La aclamación del pueblo es un vino fuerte que tú has saboreado muchas veces, Elibaal el Arco —digo para apaciguar su resentimiento.

Ahora desfila el carro donde yacen nuestros guerreros muertos. Suenan vítores. Detrás, un cortejo de hombres carga con el cadáver de Ahiram, depositado en unas andas. Exhiben su cuerpo cubierto hasta la barbilla por un manto blanco y un fino lienzo, tenuemente ensangrentados.

—Ahiram el Dardo sufrió una herida leve en combate —me explica Elibaal—. No parecía grave, pero empeoró de repente, durante la noche. Las fiebres se lo llevaron por la mañana. Es extraño…

—¿Qué intentas decirme?

—Reina, a los hombres del Consejo nos está diezmando una maldición. Primero, Safat el Puñal; poco después, Ahiram el Dardo. Ya sólo quedamos dos.

—Nada hay tan difícil para un rey como el retorno de los cadáveres de hombres enviados a la muerte bajo su mando. Mi tristeza y mi dolor son tan profundos como los tuyos, Elibaal el Arco, o quizá todavía más.

Hace tan sólo una luna, me habría angustiado pensando en lo que encierran las insinuaciones de Elibaal. Pero hoy abandono gozosamente esa preocupación, los escrúpulos, las solitarias tareas del gobierno, el miedo a la rebeldía de mis hombres. Hoy es un esfuerzo desprender de Eneas el pensamiento, mi atención vuelve una y otra vez a posarse en él. Todo lo que me rodea ha perdido valor, me parece repetitivo y gastado, me aburre.

Llega hasta mí un olor en el que se mezclan la lluvia, la resina y el humo. Miro hacia el horizonte y vislumbro una tormenta. El tejido del cielo se deshilacha en hebras de lluvia, a lo lejos.

Eros

Sí, lo reconozco, he arruinado tentativas anteriores, pero ahora, después de ímprobos esfuerzos, vuelvo a reunir a Elisa y Eneas en el palacio.

Elisa ha ordenado a sus guardias ir en busca de Eneas y traerlo a su presencia. Mientras espera, se estremece, aunque no de frío. Obedeciendo a la orden muda, un esclavo se apresura a encender la chimenea. Coloca los troncos con habilidad, trae una llamita protegida en el hueco de su mano y la hace saltar a las astillas. Transcurrido un tiempo de suave crepitar, la hoguera se convierte de pronto en un estruendo abrasador que colorea la sala con su luz.

Mientras espero contemplando la bella combustión danzante, me pierdo en una de mis acostumbradas digresiones sobre los humanos y las extravagantes imágenes con las que se refieren a mí. Cuando me llaman fuego, ¿no están diciendo que yo, el dios, me dedico a hacer esto mismo, transformarlos en hermosas chimeneas vivas que arden, arden, arden?

Aparece Eneas acompañado por Yulo.

—Aquí estoy, reina. He cumplido tus órdenes —dice.

—Por eso te he llamado, Eneas, para darte las gracias.

Yulo suelta la mano de su padre y se acerca a las esclavas que cardan lana y tejen en un rincón de la sala. Toca los vellones pegajosos, contempla con la boca abierta el ir y venir de la lanzadera.

Permito la presencia de este grupo de intrusos en mi decorado porque ninguno entiende la lengua franca que utilizan Elisa y Eneas. Así, los dos crean un espacio propio gracias al lenguaje. Los idiomas pueden ser lugares íntimos de encuentro, de eso me he dado cuenta.

—Sin embargo, no has participado en el desfile —añade Elisa.

—No deseo ofenderte, pero mi sitio no estaba en las celebraciones de triunfo.

Hoy debo dedicarme a Eneas y conseguir que se deshaga del seco caparazón que protege sus pensamientos y me impide invadirle tumultuosamente. Ni siquiera Pólux y Helena, de quienes se cuenta que nacieron de un huevo, fueron tan inaccesibles dentro de su cascarón, estoy seguro. ¿Y qué encuentro al traspasar con esfuerzo la cubierta de quitina de este selecto crustáceo humano? Encuentro la necesidad de salvar a sus hombres y a su hijo, encuentro el afán de enmendar errores y encuentro dudas. Nada de eso facilita mi labor.

Elisa dice:

—Yo también me he sentido lejana al ver pasar ante mis ojos a los prisioneros, a los guerreros y los cadáveres de los muertos en combate. Eneas, he recordado vuestros sufrimientos en Troya y me he preguntado: ¿qué locura se ha apoderado de nosotros?

Las pavesas del hogar se avivan y crepitan. Eneas mira a Elisa directamente a los ojos.

—Reina, si piensas así, no dejes que tus guerreros lleven más lejos el odio. Igual que tú me pediste que capturase prisioneros nómadas, te pido yo ahora que trates humanamente a los vencidos.

—Intentaré hacerlo, aunque no es sencillo. Mi pueblo se impacienta, odia, clama por las armas, desea la guerra. Sin embargo, yo sólo deseo una tregua y un descanso para seguir construyendo la ciudad.

¡Bien dicho, Elisa! Eneas se suaviza ante tu forma apasionada de escucharle, ante el inesperado eco de sus ideas en tus palabras. Y ahora empieza el despertar de vuestra curiosidad el uno por el otro, el asombro, la búsqueda de coincidencias que se descubren con la alegría de una confirmación.

—Yo también busco tregua y descanso —dice Eneas—. Me gustaría vivir en un lugar donde se puedan cerrar con sólidos cerrojos las puertas de la guerra.

El peine, crujiente, atraviesa los hilos del telar. El patrón del tejido multicolor empieza a hacerse visible.

—Si fuera posible… —dice Elisa—. Si yo supiera cómo asegurar la paz con los pueblos vecinos, si supiera cómo evitar las intrigas y las conjuras que se tejen a mis espaldas…

Los dos se quedan silenciosos, con el cuerpo y los brazos en la misma postura, espejos el uno del otro.

Me acerco a ellos y entonces sucede algo extraño, casi inexplicable. Elisa me presiente a su lado, levanta la vista hacia mí y trata de enfocarme con sus ojos. Creo que no llega a distinguir apenas nada y, en todo caso, disperso de inmediato las partículas invisibles y luminosas que me componen. Pero no hay duda, nuestros mundos se han fundido en una breve aleación, una frontera sólida se ha vuelto porosa durante un momento, ha habido un instante compartido. Tendré que ser cauto, el amor hace más receptiva a Elisa, aguza sus sentidos. Me pregunto: ¿así se sentirán los mortales cuando se rozan? ¿He tenido un atisbo del sobresalto erótico? Los humanos cuentan leyendas sobre uniones entre mortales y dioses. Ellos fantasean sobre ese tipo de encuentros sexuales. Nosotros no, carecemos de imaginación.

A veces sospecho que hay una profunda conexión entre las dos habilidades que más admiramos en los humanos: su destreza para imaginar historias y su capacidad de amar. En las cenas que los dioses celebramos allá arriba en nuestras olímpicas cumbres, he sostenido en varias ocasiones que el amor no es más que otro nombre del impulso creativo.

Reúno de nuevo mis partículas traslúcidas y reanudo mi tarea. Todo está en su lugar dentro de la escena. Un galgo entra en la sala y se tumba cerca del fuego con el morro hundido en el rabo enroscado. Yulo se sienta a su lado, agarra su oreja y desliza dentro de ella sus palabras infantiles. El viento ulula en el hueco de la chimenea. El niño señala con el dedo la danza de las llamas en el techo de la habitación.

—Eneas, ¿cómo alejarías tú las amenazas? Mis hombres han crecido en la guerra y el desierto, pertenecen a una raza dura.

—¿No decimos que los sometidos, los suplicantes y los extranjeros son sagrados a ojos de los dioses? Por la misma razón, los reyes deben amparar a los débiles, a los vencidos y también a los cautivos de guerra. Advierte a tus hombres que si son crueles como el lobo en el establo, podrían ofender a los dioses que cuidan de nosotros y vigilan nuestro destino.

Una corriente de aire se cuela por la chimenea. Es un viento que viene del desierto y esparce por la sala un susurro de arena.

—Ayúdame a gobernar así, Eneas. Aprendí a reinar entre hombres muy distintos a ti, pero en Cartago deseo reparar los errores y calmar las lágrimas. Enséñame.

Elisa acaba de hacer un descubrimiento, el amor entendido como placer de la sublevación. ¿No es Cartago un nuevo mundo? ¿Sería posible aquí una vida que no reprima sus sentimientos naturales, que no la someta a la tiranía de las costumbres?

—Elisa, puedes contar con mi ayuda —dice Eneas, embriagado por la fe que se deposita en él, pero aún convencido de que están hablando de política—. Nuestro mundo, con sus crímenes, sus injusticias y sus desgracias, es un lugar cruel. No deseo legar esta herencia sangrienta a nuestros nietos.

Elisa escucha risueña. En las palabras "nuestros nietos" ha creído captar una posibilidad aludida. Para los que aman, nada es inocente, todo es signo. Cuando Eneas la mira, su sonrisa baja de los ojos a los labios.

—Nadie me había hablado así —dice ella.

Yulo juega junto al hogar con su caballito de madera de pino, murmurando en voz baja imaginarios trotes y relinchos. En esta escena de ideales y tiernas utopías, lo necesito para el último acto de mi función. Hago que se levante y corra hacia su padre. Entonces le pongo una zancadilla. A qué artimañas tan cuestionables tengo que descender.

Yulo cae y rompe a llorar. Cuando Elisa se acerca y lo levanta, besándole, él sumerge la cara en el cálido cuello. Suavemente cesa el llanto. El niño ha colocado la nariz en el hueco de la clavícula de Elisa, ese hueco que le gustaba oler y respirar cuando su madre lo sentaba sobre las rodillas. Eneas, como era mi intención, reconoce ese gesto de su hijo, ahora consolado.

Sonrío, satisfecho.

Ana

No te pares aquí, Yulo. Detrás de esta empalizada está el patio trasero de la cárcel. Ven, ven, date prisa. ¿Has visto que en el cielo brilla ya la barquita de la luna?

¿Me das la espalda? ¿Te agarras a los postes para trepar por la tapia? Al otro lado están los prisioneros nómadas. Uno de ellos podría sacar la mano y agarrarte… ¡así! Vámonos antes de que te coja.

Ahora te sientas en el suelo, en cuclillas, y te niegas a moverte por más que tiro de ti. ¿Qué te pasa? Éste no es un buen sitio para un niño, sobre todo de noche. Si me das la mano ahora, te regalaré mi amuleto. O mejor, mi caracola de color lila, que si la tocas por fuera es áspera pero tiene dentro suavidad de madreperla.

¿Por qué te comportas así hoy? Apenas has querido comer, nada más has lengüeteado tu leche igual que un gato. Te enfadas de repente y me miras como a una enemiga. Además, ¿qué esperas ver quedándote aquí con la nariz metida en el hueco entre poste y poste? Los esclavos están dentro de sus jaulas de madera. Hay dos guardias avivando una hoguera. ¿Qué hacen? Tienen unas barras de metal al rojo. Tienen también unos garfios. No me gusta. Yo me voy. Si no quieres venir conmigo, tendrás que dormir aquí solo. ¿No me entiendes, Yulo? Me voy. Me voy de verdad…

Sigues de espaldas, terco. Ahora miras en el suelo la sombra de los postes, que se tuerce rápidamente. Alguien mueve una antorcha al otro lado de la tapia, eso es todo. Sí, los guardias están entrando en una celda, cargados con sus barras y sus garfios. Ya no hay nada que mirar, vámonos, ¿quieres?

Creía que eras un niño bueno, pero hoy te estás portando muy muy mal. Si llego a saber que ibas a estar así, no te llevo a los lavaderos. Habíamos hecho con tanta ilusión esos barcos con cáscara de nuez y un palito dentro como mástil y una hoja para vela. Las mujeres que estaban pisando la ropa sucia en las pilas te han dicho cosas con voz alegre. Todo estaba tan bonito. Las túnicas, los cinturones y mantos extendidos a orillas del mar, donde el agua devuelve a la tierra los guijarros más limpios, se secaban con el último resplandor del sol. Las nubes eran peces rojizos que pasaban por el cielo, nadando despacio en el viento. ¿Y tú? Tú te has puesto a llorar. Te has tumbado de espaldas y has pataleado. Has gritado con esa voz aguda que pones a propósito. Y no has querido jugar. ¿Sabes qué? No te llevaré más. Pensaba coser una pelota de tela, pero se acabó. Si no quieres mirarme ni darme la mano, no habrá pelota ni lavaderos.

¿Y ese grito de mujer? Viene de la cárcel, de la celda en la que han entrado los guardias. Otro grito. Otro más. Y ahora, ese chillido largo largo. Sé lo que pasa ahí dentro, una prisionera está dando a luz, Yulo. Mi madre era partera y la llamaban siempre en los partos difíciles. Yo la acompañaba para ayudarle y aprender el oficio, aunque era muy pequeña entonces. Cuando las mujeres echan un niño afuera, gritan muchísimo. Se retuercen y se estiran de dolor. Aúllan.

Mi madre sabía cómo arrancarles el niño del regazo aunque su cuerpo se cerrase. Esa mujer de la celda tendría suerte si mi madre entrase a ayudarla, como hacía en Tiro, hasta que ella misma tuvo los dolores y mi hermanito se murió en su vientre y se la llevó.

Mi madre era suave. Calmaba a la parturienta con murmullos y consejos, ponía su cuerpo en la posición adecuada, le decía cómo respirar y la animaba para que empujara. Yo me sabía los conjuros para invocar a la diosa lunar, yo recitaba las palabras y rezaba. Mi madre nunca usaba hierros ni garfios como los guardias de la cárcel.

Sí, esto que oyes, Yulo, son los gritos de una madre. También tu madre gritó así, Yulo, mientras apretaba los dientes y empujaba y tú venías al mundo a fuerza de desgarrarla por dentro con arremetidas de dolor.

¿Quieres que recemos pidiendo a los dioses por la mujer que grita en la celda? ¿Para que la muerte no apague sus ojos en el parto, como le pasó a mi madre? Sí, reza.

¿Te he dicho que mi hermanito que se murió sin nacer tendría los mismos años que tú? Lo perdí, pero ahora te tengo a ti.

Mi madre sabía muchas cosas. Hacía emplastos de hierbas, de miel, de grasa, de pescado, y los untaba a las mujeres embarazadas en el vientre. Eran recetas muy antiguas para ahuyentar a los malos espíritus. También preparaba pomadas para aliviar y dar protección mágica. Y filtros de amor. Y era la única que sabía la fórmula de la poción de mandrágora contra los demonios que hacen estériles a las mujeres jóvenes. Elisa venía a buscar esa poción a casa de mi madre, porque su vientre se negaba a curvarse. Mi madre le daba friegas, mientras murmuraba ensalmos. Un día, Elisa trajo una muñeca de trapo y me la regaló. Otro día vino con unas tabas pintadas cada una de un color, y jugó conmigo, enseñándome a lanzarlas igual que dados y a aprender el valor que tiene cada lado de la taba. También trajo un sonajero en forma de cerdito para el niño que mi madre llevaba dentro. Se notaba que les gustaba estar juntas. Elisa acercaba la mano al vientre de mi madre y sonreía con asombro cada vez que sentía los golpes a través de la capa de carne.

Cuando mi madre murió, Elisa me llevó a su casa a vivir junto a ella y su marido. Aquel día me llamó hermana y lloró conmigo. Ya nunca nos hemos separado, ¿sabes? Yo la quise desde entonces. Tenemos el mismo padre, pero la quise por las lágrimas que lloró por mi madre.

La celda retumba, ese grito ha sido el último. Qué silencio nos rodea ahora. Es raro, no se oye el llanto del recién nacido. Es muy extraño.

¿Te he dicho que yo sé bañar al recién nacido, frotarlo con sal y envolverlo en una venda de lino? Es lo que hay que hacer, porque todos los niños vienen al mundo ensangrentados y sucios. Pero aquí nadie llora, sólo silencio.

Yulo, todo ha acabado, vámonos. Me pone triste recordar a mi madre con la lengua herida a mordiscos, sin fuerzas para sonreírme, las ondas de dolor corriendo por su cara, el bulto informe y sanguinolento que salió de su tripa después de dos días de fatigas, gemidos y gritos.

Todo ha acabado, vámonos. Aquí huele a muerte.

Espera un momento, se abre una puerta en la tapia. ¿Ahora te escapas corriendo? Todo quieres curiosearlo. ¡Ven aquí! No molestes a esos guardias que salen cargando unas angarillas. Llevan un cuerpo cubierto con un lienzo, no te acerques. El brazo cuelga fuera. Veo uno de esos tatuajes que los nómadas se pintan con zumo de hierbas. Una serpiente enroscando sus anillos. Y además hay regueros de sangre sobre la piel oscura de ese brazo. Deja paso, van a enterrar el cuerpo. ¿Ahora te asustas y lloras? ¿No te había dicho que éste no es sitio para niños?

Elisa

Hace días que no acudo a vigilar las obras del puerto, de la muralla y de la fortaleza. Empiezo y abandono mil tareas con impulso febril. Recorro el palacio buscándole y reprochándome la búsqueda, impaciente y agotada a la vez.

Durante una de mis peregrinaciones, a través de la puerta entreabierta, veo a Ana sola en su habitación. Cose sentada sobre el lecho. Entro y me siento a su lado.

—¡Elisa! —dice en alegre recibimiento.

Miro su perfil. La mancha de nacimiento que le marca la cara queda oculta a mi mirada. Esta mejilla tiene el color de un melocotón, con el mismo vello rubio oscuro de la fruta. Observo las uvas de sus dedos manejando la aguja, observo sus uñas ovaladas y un poco sucias. Entre sus labios asoma la punta de la lengua, que se mueve acompañando a la mano cuando da puntadas. Y entonces, no puedo evitarlo, le doy un beso impulsivo. Disfruto el roce de su piel, me gusta sentir en mi cara un aleteo de sus pestañas.

Ana sonríe sin sorpresa.

—Estoy cosiendo una pelota para Yulo —dice.

—Cuando era pequeña, yo tenía una pelota púrpura como ésta. ¿Y a qué más jugáis?

—A ser caballos, a los palacios de arena, al escondite, a subir a los árboles, a buscar nidos y conchas y tortugas, a las figuritas de barro, a dar de comer a los perros…

Ana creció sola. Allá en Tiro, los niños la rechazaban, asustados por la mancha oscura de su mejilla y porque en sus casas les prohibían acercarse a la hija de la hechicera. Me lo contó la madre de Ana, la maga, con una honda tristeza. Es extraño, encontré una gran amiga en esa mujer apenada, que era además, como descubrí más tarde, la amante de mi padre y la rival de mi propia madre. Qué curiosas combinaciones tejen los hilos de la vida.

Ahora me doy cuenta de que Ana, desde la llegada de Yulo, se ha vuelto más infantil, más inocente, más aniñada incluso en su manera de hablar.

—¿Estás enseñando a Yulo palabras de nuestra lengua? —pregunto, colocándole un mechón rebelde detrás de la oreja—. Ayer me tendió su juguete y me dijo: "¡Caballo!".

—Yulo aprende muy rápido, habla cada vez más, aunque lo mezcla y lo confunde todo. ¿Sabes? —añade—, creo que intenta contarme algo importante sobre Eneas. Repite: "padre", y después: "secreto". Así muchas veces. Luego dice más, pero no le entiendo nada. ¿Será un secreto de verdad?

—Si lo averiguas, cuéntamelo. Ya sabes que los reyes necesitamos conocer todos los secretos para tomar decisiones sabias —digo, ocultando mi impaciencia por saber, mi ávida curiosidad sobre Eneas.

—Yulo tiene pesadillas todas las noches. Grita, se remueve y da patadas. Además, se orina en la cama —dice Ana, arrugando la nariz.

—Pronto vuestros juegos ahuyentarán los terrores nocturnos.

—Yo también tengo miedo, a veces. Me asusta que tu hermano el rey de Tiro envíe a sus asesinos para cortarnos la garganta mientras dormimos —dice.

—Ana, no temas, estamos a salvo. No nos encontrarán. Y si desembarcan en nuestro territorio, los atraparemos y los encerraremos en un calabozo cargados de cadenas.

—No me gusta la prisión. No me gusta este lugar. ¿Por qué no nos vamos de aquí?

—No podemos irnos. ¿Quién gobernará la ciudad? Además, pronto celebraremos la gran partida de caza, como todos los años. ¿Te has olvidado? Iremos al pequeño bosque junto al río, donde viven los ciervos. Así tendremos carne salada en nuestros almacenes para el invierno.

—¿Y si esperamos a la cacería y después nos marchamos?

—Es peligroso navegar cuando sopla el viento del este y el mar azota la costa. Hay que esperar a que venga la primavera y se calmen los vientos, allanando las olas.

Ana parece aceptar mis razones y sigue cosiendo.

—Pero prométeme que nos iremos con los troyanos cuando zarpen en primavera. Así Yulo jugará conmigo y tendrá otra vez una madre. ¿No te gustaría ser la madre de Yulo?

Veo la inocencia en su mirada de súplica, una graciosa inocencia de niña. Ella, que empieza a vivir, no conoce ni puede imaginar mi desasosiego, los sobresaltos del corazón, el abismo que se abre en la parte baja de mi pecho, los silencios, la repentina timidez y esta forma de espesarse la lengua en presencia de Eneas, para el que no me siento atractiva.

Tomo aire por la boca. Intento parecer ligera, como jugando. Digo:

—¿Y tú crees que Eneas querrá llevarme? ¿Ves a tu hermana aún joven y hermosa?

Ella no se da cuenta, pero mi sonrisa tiembla mientras espero su respuesta. Me abraza.

—¡La más bella del mundo! —exclama.

Justo en ese momento aparece la silueta de un guardia en la puerta.

—Reina, los hombres del Consejo te esperan. Los interrogatorios a los nómadas han dado sus frutos. Reclaman tu presencia.

Otra vez los prisioneros, el combate y la muerte. Si pudiera elegir, me quedaría junto a mi hermana y borraría la guerra, haciéndola desaparecer como un garabato dibujado en la arena.

Deshago el abrazo de Ana, me levanto y salgo.

Ana

Elisa se levanta y sale. Se ha quitado el collar de mi abrazo por encima de la cabeza, se ha olvidado de mí en cuanto ha entrado el guardia.

¡Cómo le temblaba la orilla de los labios cuando me preguntaba si Eneas la quiere! Así temblaban las mujeres que venían a buscar filtros y conjuros amorosos a la casa de mi madre, en Tiro. Y mi madre les preparaba una pócima de salamandra machacada, invocando a la Luna con sus cantos.

La pelota púrpura ya está lista, qué bien ha quedado. Salgo al pasillo. Lanzo la pelota al aire y la recojo. Correteo. Llego ante las puertas cerradas de la sala donde está Elisa con los guerreros. Me gusta enterarme de lo que hablan los mayores cuando corren los cerrojos.

La pelota cae al suelo. Me agacho y escucho acercando la oreja, temblando de curiosidad y miedo al mismo tiempo. Aguzo el oído. Dentro, las voces amenazadoras de los hombres repiten la misma palabra una vez y otra vez y otra vez. Una palabra que me asusta, que me eriza la piel, que me seca la garganta. Recupero la pelota y me alejo de las puertas corredizas. La sangre late en mis oídos. Me muerdo el labio. Abrazo la pelota contra el pecho.

La palabra que todos dicen es el nuevo nombre del peligro. Yarbas. Yarbas, el arrogante jefe de las tribus del interior que ofreció matrimonio a Elisa. Yarbas, ahora nuestro enemigo, es quien ataca nuestras caravanas. Convenceré a Eneas para que nos lleve lejos de aquí, a un hogar seguro. No quiero tener más miedo.

Eneas

Hemos salido de caza a la hora en que palidecen las estrellas. En el bosque todavía sumido en la noche, nos reciben gratas sensaciones cuando los cascos de los caballos pisan la alfombra de pinaza crujiente y aromática. Empiezan los preparativos, que contemplo a una cierta distancia, pues soy incapaz de entender las más sencillas instrucciones y necesito a Elisa como intérprete. Se suceden ante mis ojos, en sigiloso orden, los gestos aprendidos. Los hombres tienden las redes de lino, rodeando la arboleda. Después, liberan a los perros de sus cadenas para que puedan husmear el rastro.

El amanecer es una estela de claridad que crece en el horizonte mientras las sombras se acortan sigilosamente. Bañado por el alba, respiro el olor a tierra. Los perros dan la señal de partida con sus ladridos y nosotros galopamos tras ellos. Los cazadores cartagineses sostienen, inclinadas al frente, las jabalinas que vibran en el aire. Yo también me preparo, colocando una flecha en el arco. A mi lado cabalga ella.

Los perros hacen salir de su escondrijo a un ciervo que corre como una exhalación, saltando y haciendo quiebros para burlar el impulso de sus perseguidores. Los perros ladran, furiosos porque el animal no escapa en línea recta y, cuando creen alcanzarlo, dan mordiscos en el aire. El viento nos golpea la cara, las ramas de los arbustos nos arañan.

Ella anima a sus perros favoritos.

—¡Vamos, Tigre, Escarchado, Canela, Lobo, adelante!

La miro. Su capa aletea contra las grupas del caballo. Monta erguida, con brío, y cada vez que prepara un disparo, dobla el brazo hacia atrás para curvar el arco, los labios abiertos, tensa la garganta. Me fijo entonces en la curva de su cuello, con los tendones tirantes como la cuerda del arma. Apunta con firmeza, las cejas arqueadas y juntas.

Sigo la trayectoria de la flecha que silba en el aire. El ciervo se queja, la tierra se tiñe suavemente de sangre. Los perros hunden sus hocicos en el cuerpo de la presa abatida, lo hieren en el lomo, muerden las patas. El animal dobla las rodillas y cae en el polvo caliente, tembloroso.

—Hoy haremos una gran captura —me dice ella.

Un esclavo amarra el ciervo muerto a la grupa de un caballo. Mientras tanto, los perros, excitados por la persecución, olfatean de nuevo en busca del cálido rastro, el olor de la caza. Cabalgamos trazando círculos alrededor de la extensión que hemos cercado con redes y trampas, recibiendo los primeros rayos blancos del sol. De vez en cuando sorprendemos a una manada de ciervos y la jauría la acosa tratando de conducir a los animales despavoridos hacia las redes, hasta que los cazadores derriban a algunos de ellos. Golpeamos el bosque en nuestra carrera, el aire resuena con los ladridos. Después de abatir varias piezas, por accidente, una jabalina mata a un perro, atravesándolo y clavándolo en la tierra. Elisa desciende del caballo y acaricia al animal moribundo.

—¡Buen perro! ¡Buen perro!

La observo. Arranca con destreza el hierro y después, sin ningún ademán de repugnancia hacia la herida, extrae la lanza caliente por la sangre. Sin duda, ella es fuerte y tiene valor. Ha realizado siendo mujer todo lo que yo todavía debo conseguir: guiar a los exiliados, construir una ciudad para ellos, ofrecerles un nuevo comienzo.

Los cartagineses deciden que ya hay caza suficiente. Permiten a los caballos descansar y pacer entre los arbustos mientras ellos sacan del cinto grandes cuchillos para desollar y descuartizar los ciervos. Los abren en canal y tiran con fuerza de las entrañas. Arrojan a un lado las vísceras: el azulado estómago, los intestinos, el hígado, los riñones y el corazón. Sacan con tirones enérgicos los endebles cuerpos en carne viva del interior de sus túnicas de pelo, que luego cuelgan en los árboles con jirones y gotas rojas todavía pendiendo de ellas. Cuchillo en mano, trocean limpia y rápidamente los pedazos de carne. A medida que trabajan, crece el montón de muslos, cuartos y costillas, listos para cargar. Y cuando el olor a sangre invade el aire, de repente, se insinúa el peligro.

¿Qué nos alerta? La luz se ha vuelto extraña. Una nube azul nacida del mar avanza, ennegreciendo el cielo plano, gris y luminoso donde el sol se oscurece. El presentimiento de una amenaza lo impregna todo. Los caballos levantan la cabeza, olfateando; los perros alzan las orejas y apuntan con ellas hacia el exterior del bosque como advirtiendo la presencia de extraños. Guardamos silencio. En el espacio entre los árboles se apaga la luz de la mañana.

—Eneas, quiero saber qué ha asustado a los animales —exclama Elisa, rompiendo la quietud del miedo. Monta y da órdenes. La seguimos, saliendo al encuentro del peligro que acecha fuera del bosque mientras la nube crece y se tiende sobre nosotros. Nos detenemos en la linde de la arboleda, dominando la vista de la gran llanura. El polvo gira, se eleva en torbellinos, las palmeras se encorvan. El cielo está desapareciendo tras el muro nuboso. Oigo nuestras respiraciones.

—Eneas… —susurra Elisa.

Y de pronto, salidos del polvo de la planicie, descubrimos a los guerreros nómadas que se despliegan en una gran línea recta. Se detienen lentamente, conscientes de su superioridad numérica. Nos contemplan.

Siento un golpe mojado en la cara. Al principio pienso que me ha alcanzado, en la prodigiosa distancia, el escupitajo de un guerrero nómada, pero sólo es lluvia, gotas gruesas que empiezan a caer, formando cráteres en el polvo. Poco a poco, el temporal arrecia y bajo su fuerza cegadora la tierra se vuelve más oscura, se emborrona el paisaje. El viento sacude los árboles a nuestra espalda.

Sin saber cómo, todo se precipita en la confusión de un combate. Resuenan gritos de guerra. Uno de los cazadores cartagineses cae con una flecha hundida donde el cuello da paso a los hombros. Otro, con el pecho traspasado, vomita coágulos de sangre por la herida y por la boca. Apenas hay tiempo para pensar. Cunde el terror. La partida de cazadores se deshace en desbandada, cada cual escapa con el espanto de la presa acosada por los perros. Embrazo el viejo escudo de todas mis batallas y me acerco a Elisa para protegerla. Flechas, piedras y jabalinas caen junto a nosotros y vuelan a nuestro alrededor. Doy un golpe a la grupa de su caballo y me interno con ella en el bosque. Mientras cabalgamos, las ramas de los árboles nos azotan y arrojan hojas muertas al cielo.

—Sígueme. No te separes de mí —grito a Elisa en el arranque de nuestra cabalgada. Y siento alegría. Respiro la lluvia azulada, sorteo los árboles, percibo la fuerza de mi cuerpo palpitante, devoro el aire húmedo y, sobre todo, veo a Elisa a mi lado, el cabello pegado a las mejillas por el viento y el agua, firme sobre el cuello del caballo, sin aliento, extrañamente feliz, como yo.

No sé cuánto dura nuestra carrera en la furia de la tormenta. No sé quién de los dos avista primero la cueva. Nos comprendemos con una mirada: es un buen lugar para guarecernos. Tras desmontar, le digo:

—Refúgiate y espera. Ataré los caballos a un árbol, donde no sean visibles.

Mientras Elisa busca abrigo en la entrada de la cueva, agarro las bridas y tiro de ellos. Caminamos entre diminutos riachuelos y charcos, golpeados por fuertes ráfagas de viento, con los oídos llenos de estrépito.

Después de mucho tiempo de derrotas, siento de nuevo el calor del triunfo. Porque he salvado a Elisa cuando nos perseguía la muerte en las flechas y lanzas que apuntaban hacia ella. Porque la he guiado entre los peligros sin sufrir un rasguño, como si un dios nos protegiese en el hueco de sus manos.

Dejo atados a los caballos. Les doy un golpecito cariñoso antes de regresar.

Cuando galopábamos, han brillado destellos de admiración en los ojos de Elisa, haciéndome olvidar la guerra perdida, olvidar la humillación que me provocó mi esposa, olvidar las cenizas y las heladas sombras a las que ha quedado reducido todo aquello por lo que luché un día.

Entro en la cueva. Me acerco a Elisa, que está al fondo, abrazándose la cintura. La cubro con mi manto y, en un impulso, desato la cinta que sujeta su pelo. En ese instante, al percibir su temblor, sé que puedo estrecharla en un abrazo y abrirme paso por su cuerpo acogedor. Siento el deseo de oírla gemir, de ver temblar el agua de sus ojos y borrar de mi recuerdo los rechazos de mi mujer, el rencor.

Ella está casi en mis brazos y su aliento entibia mi piel. La tomo y la hago recostarse, sosteniendo su cuello en mis manos. Oprimo la suavidad de su cuerpo. Cuando palpo sus pechos, me parece que la carne se endurece entre mis dedos.

Me gusta cómo se agita. Me gusta cómo dobla la cabeza hacia atrás, esparciendo los cabellos. Me hundo en ella. Siento su espalda arquearse. Su respiración entra en mi oído como un viento atronador. Nos recorre un mismo estremecimiento. Después, la calma. El adormecimiento. Yacer enlazados, inmóviles, como atletas sin aliento.

Por fin, en la pleamar de este placer, todo se afloja y cede. Por fin me siento liberado de mi terrible obligación, del deber que pesa en mi corazón. Por fin descanso de la profecía.

Elisa

Oigo relinchar a los caballos. Los pasos de Eneas se mezclan con la tormenta. Lo sigo con la mirada mientras se aleja, pero mis ropas están mojadas y me decido a buscar refugio en la cueva.

Nunca había estado en este lugar, una hendidura en la roca viva con paredes que suben hasta las tinieblas y un techo que se pierde en la sombra. El suelo de la caverna está cubierto de ramas y mimbres. Con las hojas muertas del bosque que el viento trae, preparo un pequeño lecho vegetal, mullido y crujiente, donde me siento a esperar a Eneas mientras contemplo el aguacero.

La lluvia cae en oleadas blancas batidas por el viento. Cuando el bosque se agita sometido a su ímpetu, alcanzo a ver cómo chocan entre sí y se desgajan las ramas de los fresnos y de las encinas, dando chasquidos al romperse. Este fragor del viento y el agua de otoño me llenan de alegría. Todo revela que la estación avanza, que ha pasado el tiempo de la navegación y que Eneas no podrá zarpar. Puedo imaginar ahora mismo la tempestad muriendo en el estruendo del oleaje, la lluvia violenta precipitándose sobre el agua como un tejido ondulante y los relámpagos que lanzan sus redes al mar. Ninguna nave buscaría ya su camino entre las olas verdinegras y encrespadas.

Eneas se quedará en Cartago.

Empiezo a vislumbrar todo un invierno junto a él cuando, de pronto, me invade la sensación de no estar sola en la cueva. Siento… —¿cómo explicarlo?— algo más fuerte que un presentimiento pero más vago que una presencia. Atisbo una sombra merodeando al borde de mi mirada, que se esfuma si la busco pero regresa si trato de ignorarla. Es una impresión que ya he tenido antes, durante la última luna, y me inquieta.

Este roce de lo desconocido, este leve sobresalto se transforman en un fuerte anhelo. ¿Cuándo regresa Eneas? Tengo frío, creo que estoy temblando dentro de mis vestiduras mojadas, pero en mi interior sopla un cálido aliento.

No sé bien qué me está sucediendo, me interno en territorio desconocido. Intuyo la magnitud del cambio al recordar a Siqueo, el único hombre que ha conocido la intimidad de mi cuerpo. Llegué a amarle venciendo un cierto desagrado, un desagrado que me habían enseñado a creer natural. Me acostumbré a considerar mi belleza, e incluso mi propio vientre, como medios para asegurar la supervivencia y la grandeza de mi estirpe. Y sin embargo hacia Eneas me arrastra el deseo. Ahora el deseo me sacude como un viento que cae sobre los árboles.

Me levanto, apoyo la espalda en la pared de roca y me ciño a mí misma en un abrazo. Y entonces, con una mezcla de temor y alivio, veo llegar a Eneas. Mientras se acerca, comprendo lo que voy a hacer y sé que nadie, salvo él, puede ya impedirlo.

—Tienes frío —dice Eneas—. Tiemblas...

Lo tomo de la mano y lo hago reclinarse en el lecho mullido de hojas. Intenta quitarme la túnica, pero retengo sus manos para impedírselo porque tengo miedo de su juventud y de las imperfecciones de mi cuerpo. Me agito, me entrelazo con él, me abismo, y sin embargo, al mismo tiempo, una parte de mí se obsesiona pensando que Eneas, como él mismo me contó, estuvo casado con una mujer niña. ¿La recuerda, la añora entre mis brazos? Al moverme, intento evitar que me mire directamente y descubra que mi cuerpo ya no es tan fresco, ni la piel tan firme y tersa como en otro tiempo, los pechos ya no están tan erguidos, los muslos ya no son tan juveniles. Por eso le estrecho en un abrazo apretado y me balanceo ceñida a él. Acaricio su oreja con mis labios, susurro palabras que nunca había pronunciado antes.

De repente, su respiración se agita y hay una nota más apremiante en sus jadeos. Unos largos estremecimientos recorren su cuerpo, después se calma. Descanso inmóvil, en un plácido desfallecimiento, mientras se apagan nuestros ecos. Todo resuena en el interior de la cueva como si fuera una concha vacía.

Su cabeza descansa en mi pecho, mis dedos están enlazados con sus dedos dormidos. Respiro hondo bajo el peso de su cuerpo. Aparto los cabellos de su cara. Él ha caído confiadamente en el sueño, mientras yo me debato en la maraña de mis temores.

¿Qué he hecho? Lo he arriesgado todo, me he entregado. Lo sé, irritaré a Yarbas, indignaré a mis hombres al preferir a este náufrago al que las olas arrojaron en nuestras costas, sin fortuna ni tierra ni rumbo cierto.

No importa, les obligaré a aceptarlo. He elegido. Elegir es un privilegio de los hombres, pero yo soy aquí más poderosa que ningún hombre. Todo depende de mi decisión y mi voluntad. Buscaré la satisfacción, la tranquilidad y la alegría según mis propias reglas. Además, ahora ya no estoy sola. Eneas y yo hemos unido nuestros destinos. Y si es preciso entablar batalla, contaré con su fuerza y con las armas de los troyanos.

Rozo su frente con los dedos, le acaricio la piel.

Fuera, la lluvia golpea el bosque. Se escucha con claridad el viento bramar entre los pinos, el rumor de las hojas, el sonido delicado del agua goteando en el barro. Brillan las piedras. Con los ojos fijos en la tempestad, me asalta una idea extraña. Los relámpagos que rasgan el cielo resplandecen para nosotros, evocando, en esta cueva escondida donde nos hemos unido, el resplandor de las antorchas durante el rito nupcial.

IV. Una tierra bajo otro sol

Virgilio

Durante horas, ha trazado un itinerario caótico que lo conduce por el barrio de Argileto, entre calles flanqueadas de tiendas, tabernas y portales, para luego desviarse, de repente y sin ningún propósito claro, a través de callejones estrechos y poco transitados, donde sólo se encuentran puertas de servicio cerradas.

Intenta escapar de su perseguidor.

El hombre de barba blanca le sigue, de eso está convencido, pero ya no lo cree un esbirro de Augusto. ¿Por qué elegiría el emperador para esta misión a alguien viejo y torpe, que se descubre a cada paso? Augusto es retorcido, sí, pero sobre todo eficaz, y sabe rodearse de servidores que cumplen su cometido de forma impecable. Sin duda, a estas alturas Augusto ha tendido ya a su alrededor una red de espías perfectos a los que él toma por fieles criados o por amigos leales. Pero el viejo barbudo no tiene el aspecto de pertenecer al silencioso ejército de informadores del emperador.

Quizá se trata de alguien que viene del pasado con cuentas pendientes. En Roma, el pasado siempre extiende sus alas sobre el presente. En el fondo, el único perseguidor es siempre el pasado.

Lo razonable sería volver a casa de una vez, pero está huyendo de la obligación de escribir y del pánico que le provoca el encargo del emperador. En la habitación de trabajo, rodeado de tablillas y cálamos aún sin usar, se asfixia de forma tan angustiosa que llega a sentirse enfermo, es más, llega a desear que una enfermedad grave lo libere de su deber. Le falta valor para regresar y afrontar ese sufrimiento.

Decide atravesar la calle y, al bajar de la acera, pisa una hedionda mezcla de estiércol animal, verduras en descomposición y excrementos humanos cubiertos de moscas. Roma es una ciudad sucia y apestosa. Desde que llegó por primera vez, no ha sido capaz de superar el asco que le provoca la suciedad, el olor pestilente y la pobreza que convive con las fachadas de mármol. Por todas partes merodean perros sin amo que escarban en la basura, muchos de los inquilinos de pequeñas habitaciones sin retrete ni agua lanzan el contenido del orinal desde la ventana y otros cagan en la propia calle. En las fachadas de las casas ricas, los dueños hacen pintar avisos de advertencia: "¡Cagón! ¡Aguántate las ganas hasta que hayas pasado de aquí!".

Cierra los ojos por un momento para volver a los olores de su aldea natal, Andes, donde solía tenderse en la hierba blanda bajo un haya para disfrutar de la frescura del río. Desde que tiene memoria, recuerda seguir a su padre en sus trabajos campesinos, preguntándole el nombre de cada planta, de cada flor y de cada herramienta. Con el buen tiempo salían juntos de la mano, él preguntando, su padre respondiendo. No ha olvidado las enseñanzas que su padre, apasionado colmenero, le transmitió sobre las abejas.

—Publio, si miras con cuidado, comprobarás que las abejas tienen, como nosotros, sus afanes, sus empeños y sus combates. También como nosotros temen al frío. El colmenar deberás colocarlo en un lugar protegido de los vientos. Al tejer las colmenas entrelazando mimbres, debemos extender barro bien alisado por las rendijas y dejar la piquera estrecha para conservar el calor. Será hermoso ver salir a las abejas cuando el sol las llama a los campos. Y habrá en la miel fragancias de tomillo.

A él le entusiasmaba ver el enjambre surcar el limpio cielo del verano como una nube oscura que el viento mece, y volver más tarde para hinchar de néctar las celdillas.

Es extraño, tiene la cabeza llena de imágenes pero se siente incapaz de escribir, atenazado, hueco. Sus ideas, que vuelan con libertad en su mente, se agarrotan cuando intenta reconducirlas hacia el poema reclamado.

En uno de esos giros tan habituales en Roma, al salir de un cordón de callejuelas estrechas y sombrías, desemboca junto a un gran monumento. Aquí lo más espléndido se eleva al lado de lo más miserable, la riqueza carece de pudor. Indignado, se detiene a mirar el templo en construcción que Agripa, el gran general de Augusto, está haciendo levantar en honor de todos los dioses romanos. Aunque sólo son visibles las primeras trazas, corre el rumor de que el Panteón será un monumento grandioso, admirado en el transcurso de los siglos venideros. Él siente aversión por la magnificencia futura del edificio, pero sobre todo le fatiga su mensaje político. Y ese mensaje, consigna del nuevo orden, dice: "Nosotros, Augusto y Agripa, os hemos traído la paz".

Baja la cabeza y prosigue su camino sin rumbo. Piensa en la generación de hombres que fue segada en las guerras civiles. La sacudida fue tan fuerte que llegó hasta las aldeas del entorno de Mantua, hasta su querida Andes, perturbando su niñez. Acude a su mente el día en que, por primera vez, sintió peligrar su vida. Por aquel entonces, él pasaba mucho tiempo en compañía de una niña celta que vivía en una cercana alquería. Jugaban a ser caballos, al escondite, a subir a los árboles, a buscar nidos, a dar de comer a los animales. Hablaban poco, apenas conocían unas cuantas palabras el uno en la lengua del otro. Él era sólo un niño, pero a ella le despuntaban ya bajo la túnica unos pechos pequeños y puntiagudos. Esa tarde, se habían tumbado en una pradera a la orilla del Mincio. Con el oído en el suelo escucharon un ruido, un lejanísimo eco, parecido al latido de su corazón. La niña celta se levantó de pronto, le tomó en brazos y corrió hacia el río, al que se lanzó entre altas salpicaduras, cubriéndole con su cuerpo. En ese momento, él vio acercarse a un grupo de legionarios a caballo, una horda armada que se dirigía hacia la aldea para sembrar el terror entre sus habitantes por alguna oscura rivalidad bélica. Recuerda sus figuras fantasmales cabalgando con estrépito. La niña le hizo ocultar la cabeza en su pecho, el agua fría le cubrió hasta la boca y él cerró los ojos en el cobijo tibio de ese abrazo. Por fin, los cascos se alejaron, pasó el peligro.

Esa tarde hubo una matanza en la aldea.

Como si la ciudad reflejase el curso de sus recuerdos, tropieza ahora con una escuela donde el maestro vigila el trabajo de varios niños que apoyan las tablillas sobre el regazo y leen entrecortadamente, sílaba a sílaba. Las escuelas son idénticas en todas las ciudades de Italia, escuelas callejeras que se instalan en cualquier rincón que ofrezca espacio y sombra, bajo un pórtico o en una explanada o protegidas por un simple alero. Abiertas del alba al mediodía, invadidas por el ruido de la calle, amuebladas con una silla para el maestro y taburetes para los alumnos, con un encerado y un ábaco, esas aulas vagabundas todavía le causan tristeza. Los castigos corporales siguen siendo habituales. Él ha visto en Roma muchachos levantándose la túnica para recibir su ración de latigazos, una costumbre que, ahora como en sus tiempos de estudiante, le parece de una crueldad repulsiva.

Aflora algo más, el recuerdo de sus años escolares cargados de monotonía y desarraigo, lejos de la aldea. Así perdió los juegos con la niña celta, el fogón de su hogar tiznado con hollín perpetuo, el canto de los podadores, las vacas de ubres tambaleantes, promesa de dulce leche, la compañía del pastor mientras las cabras pastaban el amargo sabor de los sauces y la alegría de su padre cuando las abejas acudían al tomillo.

Nunca volvería a vivir en Andes. Cada vez se alejó más de los amados valles del Po y del Mincio. Cremona, Milán, Roma, Nápoles… Los años de ausencia han hecho de él un hombre de ciudad, que sólo sabe evocar la dulzura del campo porque lo abandonó sin conocer sus asperezas. Si se acercase a un verdadero labriego, ambos se sentirían envarados y ajenos. Los versos que él ha escrito no los leen campesinos ni pastores, sino gentes educadas de Roma que jamás tolerarían volver a vivir de la tierra y, por eso mismo, sienten una poética añoranza del campo.

Sus versos... Sabe que debería volver a la tarea abandonada, que debería forzarse a escribir sobre las guerras de Eneas en Italia, pero es ya mediodía, en torno a la hora séptima y, aunque no siente apetito, de nuevo retrasa el regreso con el pretexto de almorzar en una taberna. No le cuesta encontrar lo que busca, tras doblar una esquina decorada con un falo burdamente esculpido como protección contra el mal de ojo. La casa de comidas es un cubículo con el mostrador orientado hacia la entrada. En el interior, los anaqueles donde se colocan los platos y vasos están pintados imitando las vetas del mármol.

—Por favor, sírvame un pastel de carne y vino endulzado con miel —pide al dueño.

Se sienta en una mesa y observa a la clientela de la taberna. Más allá de la puerta, una figura atrae su mirada. Es su perseguidor que, sin ningún esfuerzo por ocultarse, se ha acomodado en el poyo de una casa, a la sombra del saledizo de madera, y le lanza largas miradas a través de la calle. Él sostiene el desafío de sus ojos, sabiendo próximo el momento de encararse con el extraño y averiguar sus motivos.

¿Podría ser el desconocido barbudo la última desgracia que brota de la carta maldita? Si es así, si el hombre que le clava los ojos busca venganza, entonces podría decirse que la carta marcó hace veinte años el primer día de su muerte.

Mientras él se abisma en estas reflexiones, la tranquilidad de la taberna se desvanece. Uno de los clientes le ha reconocido y trata de llamar su atención. Como no lo consigue, se acerca hasta su mesa hurgándose los dientes con un palillo. Primero intenta trabar con él una conversación de camaradería, pero se estrella contra su silencio. Entonces dice:

—Tú que sabes hablar, no hablas. No eres de nuestra misma pasta y por eso te burlas de los pobres.

Al acabar su frase, escupe junto a sus pies y le vuelve la espalda. Él se queda inmóvil. Le entristece pensar que las gentes humildes, en sus aplausos tanto como en su rencor, lo equiparan a los poderosos. Sí, a ojos de los demás está claro a qué bando pertenece, al bando de los privilegiados. Sonríe amargamente ante el testimonio de esa envidia mal encaminada. ¡Qué poco imaginan todos cuál es su verdadera situación! Atormentado, incapaz de escribir, convertido en el cascarón vacío del poeta que fue y sin embargo temblando ante la idea de defraudar a quienes le admiran, no resulta un hombre envidiable. ¿Cuánto tiempo podrá seguir disimulando? ¿Cuánto tiempo se sostendrán sus excusas y evasivas? ¿Qué sucederá cuando se descubra que es un farsante, un impostor, un espejismo, alguien que pareció alguna vez prometedor pero ha agotado demasiado pronto su escaso talento?

No puede evitar volver al día, veinte años atrás, en el que recibió la carta. El mensajero le tendió la misiva y él, invadido por un oscuro presentimiento, rompió el sello con dedos agitados. Dentro le aguardaba una desesperada petición de socorro que su padre, ya ciego, había mandado escribir al dictado. Augusto ordenaba confiscar las tierras de los campesinos al norte del Po para asentar a cien mil veteranos de sus ejércitos después de la batalla de Filipos. La guerra civil irrumpía en sus vidas una vez más, trayendo el desahucio y la ruina a su familia.

Recuerda palabra por palabra una frase de su padre:

"Nos fuerzan a abandonar nuestros campos, labrados con el sudor de tantos años, en manos de los soldados. ¿Puedes creerlo? Hombres manchados de sangre serán dueños de nuestras mieses."

El amor profundo por los labrantíos revivió en él junto al caudal de cariño por sus desvalidos padres. Acudió a su amigo Galo y gracias a él pudo acceder a Augusto en persona. Después de un agotador despliegue de reverencias y súplicas, consiguió salvar las tierras familiares, pero a un altísimo precio. Toda la familia pagó un peaje de resentimiento entre sus vecinos, por ser los únicos a quienes no confiscaron sus propiedades. Y él tuvo que devolver el favor con sus versos, convirtiéndose a partir de entonces en el propagandista de Augusto.

¿Su perseguidor de ahora podría ser alguno de sus vecinos desposeídos? ¿O quizá el veterano al cual correspondieron sus tierras en lote y nunca llegó a poseerlas? La mera idea le eriza los cabellos, pues si se trata de un enemigo capaz de destilar su venganza durante más de veinte años, sólo puede tener reservado para él un castigo atroz.

Respira hondo, sobrecogido. De pronto le asalta una extraña fantasía emanada de su miedo. Imagina que cambia la antigua leyenda, que Eneas no desembarca en Italia porque se queda con Elisa para siempre, que el Imperio romano no llega a existir, que nunca suceden las guerras púnicas ni las guerras civiles, que Augusto no es más que un oscuro sucesor africano de Eneas al cual él, labrador y colmenero en Andes, nunca llega a conocer, y por tanto puede escribir sus versos libremente y nadie le espera a la salida de una taberna para vengarse con crueldad.

V. Amor

Eneas

Desde las extensiones azules y doradas del cielo, un sol de bronce calienta mi piel. El aire tibio me acaricia. Me siento mecido en el esplendor del otoño y, por primera vez en mucho tiempo, la densa tristeza de los recuerdos es benévola conmigo. ¿De dónde viene la plenitud del momento? Estoy sencillamente sentado, descansando, en la azotea del palacio. Es una tarde de nubes viajeras. El viento trae un rumor de olas rompiendo. Sobre mi cabeza, dos pájaros hacen un quiebro en el aire y el sol les clarea el vientre.

Vuelve a mí la imagen de la cabellera oscura de Elisa, deslizándose sobre su hombro. Cierro los ojos y creo sentir sus brazos que me envuelven, que me atraen hacia un regazo de descanso. Me hormiguea la carne.

Abro los ojos. Yulo está en cuclillas, con el mentón apoyado en las rodillas, absorto en sus juegos, el ceño fruncido a fuerza de concentración.

—¡Yulo! ¿A qué juegas? —pregunto.

—¿Es que no lo ves? —dice, abarcando con la mano unas nueces y unos huesos de ciruela que ha distribuido por el suelo de acuerdo a un orden misterioso—. ¿No lo adivinas? Juego a la guerra de Troya.

No pregunto más, pero Yulo, sin apartar la mirada de sus juguetes, me lo explica todo con voz infantil.

—Aquí está el tío Héctor —señala una nuez—. Aquí el tío Paris. Aquí el tío Deífobo. Aquí está el guerrero más fuerte: tú. Aquí —añade, colocando una última nuez en el escalón de la terraza que me sirve de asiento—, aquí el abuelo Príamo mirando la guerra desde la muralla.

Baja la cabeza, dejando al descubierto su delgada nuca. Ahora señala los huesos de ciruela, pequeños al lado de las nueces.

—Es Aquiles. Y éste es Ulises. Y aquí Agamenón. No, espera, Áyax. Y aquí Patroclo. Mira, por aquí va el dios-río Escamandro y está enfadado porque hay muchos cadáveres y mucha sangre y se pone rojo de sangre y eso le enfada mucho. Y entonces quiere ahogar a Aquiles. Mira, Aquiles está luchando contra el dios-río y se va a ahogar.

Quizá mis hombres le contaron estas historias durante la travesía.

Yulo sigue jugando en voz alta, pero su narración se convierte en un murmullo incomprensible porque trastoca las palabras. Miro sus pequeños hombros. A la luz dorada me parecen menos frágiles, menos puntiagudos que cuando viajábamos.

—Yulo, esa túnica que llevas, ¿es nueva?

—Me la dio Elisa. Elisa me regala cosas.

—¿Le das las gracias cuando te hace regalos?

Yulo dice que sí con la cabeza. Vuelve a ser un niño contento, distraído de sus desgracias por los regalos y los juegos. ¿Estará todavía a tiempo de olvidar? Pido a los dioses que olvide nuestras guerras, mis crímenes, el terror de su madre que él bebía en la leche.

Le aparto el pelo de la frente. Él levanta hacia mí sus ojos perdidos en los espacios imaginarios y me mira con seriedad, pensando. Al final dice:

—El abuelo, ¿dónde está? ¿Va a venir con nosotros?

—Yulo, el abuelo Anquises murió en Sicilia, ¿no te acuerdas?

Entre los recuerdos que regresan está el de mi padre encogido, llevándose un dedo a las encías desdentadas, débil, agonizante, pronunciando trabajosamente palabras que no podíamos entender.

—¿Me dices dónde está el abuelo? —insiste Yulo.

—Está con los muertos. Todos los muertos están juntos —respondo.

—¿Y qué hacen cuando están muertos?

—Cruzan los desiertos reinos del mundo subterráneo hasta alcanzar las orillas del río Aqueronte y allí esperan al viejo barquero de barba gris que maneja el negro esquife con un garfio. Su aspecto causa espanto: viste una capa andrajosa anudada al cuello, está sucio y de sus ojos brotan llamas. Su nombre es Caronte. A su llegada, las sombras suben a la barca y atraviesan el río que separa el país de los vivos y la vacía mansión de los muertos. Ese río, Yulo, sólo se cruza una vez.

—Cuéntame más.

—El viejo Caronte se niega a transportar a los muertos que no han sido enterrados. Por eso son tan importantes los honores fúnebres. Además, hay que colocar en la boca del cadáver una moneda para pagar al barquero de las sombras.

—¿Y qué más?

—Los muertos beben las aguas del olvido y ya no recuerdan ni sufren por su vida.

—¿Olvidan todo?

A través de su boca entreabierta se muestran los dos dientes delanteros, más grandes que los otros. Intenta comprender mis extrañas palabras y al mismo tiempo rechaza con todas sus fuerzas las imágenes que le ofrezco. Por un momento parece que las lágrimas acuden a sus ojos.

Entonces pienso que, si hubiera podido ver el futuro de antemano, cuando empezó todo, me habrían faltado las fuerzas para avanzar y adentrarme en él.

—El abuelo me dijo que tu madre era una diosa. La diosa del Amor y de la Vida. ¿Es verdad? —pregunta Yulo de repente.

—El abuelo no mentía nunca.

Me digo con amargura que el hijo de la diosa del Amor sólo ha conocido humillaciones. Aunque, recordando el cálido cuerpo que se arqueó ayer entre mis brazos, la mujer de vientre acogedor, siento que quizá todo puede cambiar, que quizá ella es un don de mi madre.

—Pero recuerda que es un secreto —le advierto—. No se lo digas nunca a nadie. Sólo lo sabemos el abuelo, tú y yo.

Por un instante, Yulo se mete el pulgar en la boca. Cuando lo saca, es para preguntar:

—Entonces ¿nos vamos a quedar aquí?

—¿No quieres ir a Italia?

—Quiero quedarme aquí para siempre. ¿Qué hay en Italia?

—Se cuenta que es una tierra generosa y fértil, un lugar donde incluso las fieras son benévolas. La profecía habla de dos niños como tú a los que amamantará una loba, salvándoles de la muerte.

—¿Una loba? Me gusta más estar aquí con Ana. Ana me salvó.

—¿De qué te salvó Ana?

—Era por la tarde, en la playa. Venían muchos hombres en caballos y tenían arcos y flechas, pero Ana me tapó con su cuerpo. Había flechas —afirma, tensando una cuerda imaginaria—. ¡Ana es mi amiga!

Imagino la escena con un escalofrío, veo a mi hijo tembloroso, el cuerpo de Ana protegiéndole, los cascos de los caballos levantando la arena, las flechas en las aljabas.

—¿Verdad que no nos marcharemos? —insiste Yulo, hinchando una burbuja de saliva entre los labios.

—Todo irá bien a partir de ahora, ya verás —contesto. Le señalo una nuez para recordarle sus juegos y él me la arrebata de la mano, con una mirada malhumorada.

—Será mejor que no pienses en irte… —murmura por lo bajo, amenazador, antes de regresar a su pequeña guerra. Poco después, ya me está llamando:

—¡Mírame, papá!

Mientras lo observo, me pregunto si los dioses me hablan por medio del niño. ¿Debo quedarme?

Desde la azotea se domina un paisaje de terrazas, palmeras y calles ceñidas por las murallas. Las cisternas de agua brillan como láminas de plata. Reina un bullicio de esclavos que caminan con cestas en la cabeza y mujeres con cántaros. Suenan los yunques de los herreros y el relinchar de los caballos, chirrían los carros en las cuestas, ladran los perros, cantan los gallos. Hay ladrillos de adobe secándose al sol donde se alzarán nuevas casas, hay torres, cuadras, plazas, encrucijadas y mercados. Sube el humo en largos penachos desde los hornos de arcilla. Y en el puerto, las velas blancas palpitan. Alcanzo a ver huertos cercados de altas cañas. Cartago es ya una ciudad. ¿Cuánto se tarda en levantar todo esto con las manos?

¿Y si ya he llegado? ¿Y si Cartago es el lugar de la profecía? Los oráculos anunciaron que el destino me conduciría a un territorio que unos llaman Italia y otros Hesperia. Hesperia significa "lugar al oeste". He navegado hacia el oeste y los vientos me han traído hasta aquí sin yo pretenderlo. Quizá he desembarcado en Cartago para que mi hijo encuentre una madre y mis hombres una tierra de acogida, para ayudar a Elisa a evitar esta guerra a la que se ve arrastrada por la ambición de sus hombres. A inaugurar una época de paz. A descansar.

Los mástiles se agitan con el viento. Los olivares, en el soplo del aire, pasan del plata al verde. Centellea el azul del mar. Junto a mí, Yulo juega.

Elisa

—Muchas voces en el palacio hablan de tu amor por el extranjero. ¿Qué te propones? —dice Malco. Parece tranquilo, pero aprieta los dientes.

Mis dos consejeros han reclamado que los reciba a solas. Estoy rígida como la hoja de un cuchillo, los conozco bien y sé que son peligrosos. Toda mi vida, desde mi infancia en Tiro, ha transcurrido bajo el signo de la conspiración, entre las interminables maquinaciones de la corte. Siempre he estado rodeada de enemigos, siempre he tenido que esconder mis verdaderos sentimientos. Volviendo la vista atrás, comprendo que el miedo caminaba en todo momento conmigo. Pero ahora siento dentro de mí una fuerza que nada puede detener.

—Entre todos mis pretendientes, quiero elegirle a él —contesto.

—Confiábamos en que nos consultarías antes de tomar una decisión semejante —contesta Elibaal con vehemencia.

—Conozco sobradamente vuestra opinión. ¿Cuántas veces me habéis dicho que el pueblo me reclama un heredero, que nada fortalecería tanto mi reinado como casarme y dar a luz un hijo para continuar el linaje de mi padre? ¿No eran esas vuestras palabras, no brotaban a diario esos consejos de vuestra boca, atravesando el cerco de los dientes?

—Reina, es este matrimonio con un extranjero que no te ofrece riqueza ni alianzas lo que nos parece imprudente —responde Malco.

—Por las venas de Eneas corre sangre de reyes. La tradición enseña a las mujeres de mi estirpe que deben casarse con alguien de la realeza.

—¿Qué sabemos? —aúlla Elibaal—. El troyano dice ser Eneas, pero podría ser un impostor que ha tomado su nombre. Un farsante. Un desertor.

Vuelvo hacia él mi mirada y afronto sus ojos, decidida, desafiante.

—No es tan fácil engañarme. Sé juzgar a los hombres —respondo.

—Reina, ¿has pensado que tu decisión ofenderá a los jefes de las tribus libias y en particular a Yarbas? Les parecerá un ultraje que, después de rechazar sus propuestas una tras otra, te arrojes en brazos de un náufrago que ha llegado a tus costas con las manos vacías —grita Malco.

—Si Yarbas quiere dar órdenes en Cartago, tendrá que arrebatarme primero el trono. No me asustan sus amenazas.

Me mantengo muy erguida, con la cabeza alta. No me dejo amedrentar y ellos se dan cuenta. Están desconcertados ante mi repentina firmeza. Hace tiempo que debí mostrarles mi verdadero temple.

—Intentaré vivir en paz con mis vecinos, comerciando con ellos y haciendo prosperar el territorio —prosigo—. Pero si nos atacan, seremos más fuertes ahora que los guerreros troyanos combaten a nuestro lado. En mis decisiones me guía el bien de mi pueblo.

—A buen seguro, ese hatajo de cobardes que no supieron salvar su ciudad será un colosal refuerzo para tus tropas —contesta Malco, sarcástico, escupiendo las palabras.

—¿Qué consejos has recibido del troyano desde que lo arrojó aquí la tempestad? —añade Elibaal—. Evitar la guerra, no responder a las provocaciones, dejar sin venganza los agravios. ¿Y ese hombre es el valiente guerrero que has elegido para conducir a tu pueblo? No, créeme, quien huyó una vez de su casa en llamas, dejando atrás a su esposa, volverá a demostrar su cobardía.

Ya está hecho. Mis hombres han ladrado tratando de acorralarme, como tantas otras veces, pero hoy sus mordiscos no me doblegan. Creo que hasta ahora no había conocido mi propia fuerza. Hoy me siento capaz de derribar no sólo a mis consejeros, sino a todos los ejércitos que pueda reunir Yarbas, con un mero soplo de mi aliento. ¿Qué saben ellos del valor que ha nacido dentro de mí gracias a Eneas? Yo, que estaba a punto de marchitarme, revivo ahora con el vigor de una savia joven. Me siento como el caminante sediento que encuentra un arroyo brotando de un manantial, como el navegante que avista tierra contra toda esperanza, como el enfermo que expulsa el mal de su cuerpo y nota la salud volver a borbotones, burbujeando, con la urgencia de la vida renovada.

—¡Ya basta! Intentáis acobardarme —digo—, pero mi corazón intrépido no vacila. No me importa si queréis elogiarme o censurarme. Voy a imponer mi mando y vosotros me serviréis, cumpliendo mis órdenes, igual que obedecíais a mi padre. ¿Creéis que por ser mujer soy más débil? Estáis equivocados y lo comprobaréis con vuestros propios ojos.

Las miradas hierven. Malco se acerca a la chimenea, se detiene junto a un leño en llamas que el fuego ha arrojado fuera y con un golpe brusco lo empuja de nuevo hacia el centro de la hoguera.

No parpadeo.

Me fijo en los pelos negros que brotan de sus orejas.

Siento asco.

Mientras, Elibaal clava sus ojos furiosamente en mí, la garganta hinchada igual que una serpiente a punto de escupir su veneno.

Tenue y lejano, se oye el tumulto del mar.

—La reina siempre tiene razón —murmura por fin Malco, todavía frente a la chimenea—. Y nosotros estamos al servicio de la reina.

—Podéis salir —digo, con labios temblorosos.

Cuando se marchan, camino hasta apoyarme en el muro y respiro a bocanadas fuertes que me estremecen.

Ana

Miro hacia el sol, que ahora mismo es un grano de uva púrpura en el cuenco del cielo. La túnica que llevo también es púrpura. Así, cuando me rocíe la sangre, apenas se notará.

Voy a pedir a los dioses no crecer más. Si sigo creciendo tan deprisa, me haré mujer y no quiero, porque entonces me prohibirán correr con Yulo por la playa y trepar a los árboles. Dirán entonces que me quede en casa a suavizar la lana, estirándola. Y algún guerrero pedirá casarse conmigo y me llevará a su hogar y me mandará obedecerle en silencio y seré como un caballo al que conducen tirando de la brida. Y al llegar la noche él se tumbará encima de mí y me aplastará con el peso de su cuerpo y cuando termine de agitar su tripa, dará media vuelta y roncará con resoplidos horribles.

No voy a crecer. Ahora que por primera vez tengo un amigo, quiero que seamos niños.

Pero no debo preocuparme. La primavera próxima se harán a la mar los barcos troyanos y nosotras partiremos con ellos. Nos iremos lejos, cada vez más y más lejos, navegando de puerto en puerto, conociendo tierras lejanas que bañan las olas. Ésos son mis dos deseos: no crecer y que llegue la primavera. Que llegue pronto la primavera… El otoño está avanzado, el color de las aceitunas cambia ya de morado a negro brillante y hay una luz azul que anuncia el invierno.

Elisa me advierte que el ritual debe empezar. En un cesto me espera el cuchillo de hoja recta. Lo tomo en mis manos, está bien templado. Sí, es un filo capaz de hundirse en la carne igual que si fuera manteca. Eso me tranquiliza, nunca me han gustado las agonías largas, el cuerpo de animal palpitando, retorciéndose, la muerte que es cruel y tarda.

Elisa está hermosa esta tarde. La melena recogida, dos alas de pelo bordean su cara, una a cada lado. Se cubre con el velo que le regaló Eneas. Veo en el iris de sus ojos el reflejo del fuego.

Calma, calma, corazón, empuñar un cuchillo necesita pulso firme. Llevo la mirada hacia las montañas lejanas teñidas de violeta y hacia las nubes que se han puesto anaranjadas. Dentro de poco, muy poco, será el momento de matar. No defraudaré a Elisa.

La ciudad entera se ha reunido en la gran plaza y nos mira. Traen los animales al altar, una oveja y una vaca blanca, y traban sus patas. Elisa alza una copa y vierte licor entre los cuernos de la vaca. Da vueltas alrededor de la hoguera, resuena su plegaria.

—Que jamás la guerra destruya a este pueblo. Que las enfermedades no se posen sobre nuestras cabezas en horrible enjambre. Que la mano de los dioses proteja a las mujeres en los partos. Que la tierra dé cosechas en toda estación y que sea fecundo el ganado que pasta en los campos. Derramad vuestras bendiciones sobre los guerreros llegados de Troya y su rey Eneas, valientes defensores de nuestra ciudad.

Estalla un rugido de muchas gargantas igual que una ola cuando se rompe en las rocas. No quieren aquí a los náufragos troyanos, creen que han traído la desgracia. Los gritos se apagan, se apagan, pero puedo oír un eco de rencor. Aunque mi corazón me dice que Cartago perdió hace tiempo la gracia de los dioses, cumplo con mi deber. Alzo el cuchillo, corto un puñado de pelo de las víctimas y con la mano derecha lo lanzo al fuego purificador. Las llamas tiemblan y empieza el martilleo de mi corazón. La vaca me mira con ojos tranquilos y hermosos que me dan miedo.

Ha llegado el momento. Suelto mi broche, retiro de mis hombros el manto, respiro, me acerco a la oveja y de un tajo corto los tendones del cuello. Si pudiera cavar un agujero en el suelo y esconderme dentro para no oír esos chillidos… Los gritos me atraviesan, que callen, que la muerte traiga el silencio. El animal tiembla, corre su sangre con oscuro vapor; un siervo se acerca y, agarrando por una pata a la oveja, la descuartiza según el ritual.

Empuño el cuchillo de nuevo para degollar a la vaca, pero esta vez el animal se defiende. Muge con terror y lucha por esquivar la muerte. Asesto puñaladas nerviosas que hacen brotar la sangre a borbotones, una riada roja. Acuchillo, acuchillo, asustada. Viene en mi ayuda un esclavo que hiere su lomo de un hachazo y por fin derriba a la víctima.

Miro a Elisa mientras recogemos en el cuenco la sangre negra que mana aún. Nunca es bueno que el sacrificio no sea consentido. Quiero saber qué piensa ella, pero el aire vibra alrededor de la hoguera difuminando sus rasgos. La veo inclinarse ansiosa sobre el pecho entreabierto de las víctimas, consultando el último latir de sus entrañas para extraer presagios. Mi madre sabía leer el futuro en las vísceras de los animales, y veía augurios de muerte en las telarañas, y escuchaba advertencias en el grito de los pájaros. Yo aprendí de ella y por eso sé lo que revelan las entrañas de la vaca que se negaba a morir. El lóbulo que falta en el intestino y el receptáculo de la bilis presagian desdichas.

La figura de Elisa, al caminar delante del fuego, oscurece la luz de las llamas por un momento. Son los últimos resplandores del día, aletean ya los primeros murciélagos. Mi tarea ha acabado. Deposito el cuchillo de nuevo en el cesto y me alejo del altar. Eneas me sonríe en la distancia. Él no repara, pero los ojos de la muchedumbre le vigilan. Corren rumores, todos quieren saber lo que pasó cuando él y Elisa se alejaron cabalgando durante la tormenta. Hay muchas cosas que yo sé, pero guardo el secreto en silencio igual que si un buey me estuviera pisando la lengua.

Eneas no entiende nuestro idioma, ignora que los hombres del Consejo y los guerreros hablan de él y de Elisa a sus espaldas. Yo sí escucho.

—La reina ha dado la bienvenida a unos invasores.

—Peor que eso. Va a entregar su mano, su herencia y su reino a un extranjero.

—Pero ¿dejaremos que nos gobierne un perro troyano?

Eneas contempla el ritual con una luz que le brilla en los ojos, los insultos no le alcanzan. Cuando acudo a su lado, me dice en el idioma de los palacios:

—Ana, gracias por cuidar y proteger a Yulo. Que los dioses te sonrían.

Y me acaricia la mejilla marcada, pasando la mano sobre la mancha sin repugnancia. Es más de lo que nunca hizo mi padre. Mi padre daba miedo, oscurecía el umbral de la puerta con su estatura. Ante él me sentía como una rata gris y como una rata gris me escabullía cada vez que él llegaba para tumbarse encima de mi madre.

Qué distinto sería todo si yo fuera hermana de Yulo, hija de Eneas… Las lágrimas suben al borde de mis ojos. Es curioso, de pequeña apretaba los dientes y aguantaba, ahora con frecuencia me entran ganas de llorar y es como si una pena extraña me gotease del corazón. Pero tengo que esperar hasta que llegue la primavera, con sus días limpios y brillantes, para zarpar y no volver a escuchar más habladurías ni insultos, sólo palabras lavadas por el viento.

Esperaré sin crecer ni una brizna.

Elisa ha estado vigilando a los siervos que cortan, espetan y asan la carne destinada al banquete. También ha consagrado la porción del dios, que se quema en el altar, rociada con nuestro mejor vino. Ahora lanza una mirada a Eneas y yo veo que algo nuevo les une, que se dan fuerzas el uno al otro.

Sosteniendo de la mano a Yulo, Elisa se sitúa al pie del altar y habla para que todos la oigan.

—Cartagineses, sabed que han llegado a puerto nuestras naves, cargadas de grano, tras vender en los mercados de la costa a los cautivos nómadas. De acuerdo con mis órdenes, ese cargamento de cereal se repartirá en porciones iguales entre vosotros, pues quiero que en todos los hogares haya abundancia y alegría para celebrar la hermandad entre cartagineses y troyanos, ahora un solo pueblo. Que corra la noticia por toda la ciudad.

Se elevan gritos de protesta y, tímidos, algunos vítores a la reina. Yulo se asusta de las miradas que se clavan en él y retrocede un paso, abrazándose a la falda de Elisa. Ella, bien erguida, sostiene el desafío de su pueblo. Eneas toma mi mano salpicada de sangre. Nos une el oleaje de muda furia que rompe contra nosotros. Nosotros, los cuatro huérfanos, los cuatro náufragos, los aliados a quienes ya nadie separará.

Eros

Los efímeros mortales no imaginan el trabajo tan delicado y desconcertante que supone favorecer sus amores. Y es que, en los asuntos humanos, todo se desliza tan fácil, tan imperceptiblemente hacia el conflicto...

Encuentro a Eneas vestido como un guerrero cartaginés. Lleva al cinto una espada, la mejor que se ha forjado en la ciudad, con empuñadura de oro labrado. Ya veo, Elisa ha empezado a agasajar a Eneas con desbocada generosidad, a envolverle con su riqueza. Buena señal, dirá alguien, y sin embargo yo, que conozco los oscuros resortes donde los idilios fracasan, me inquieto. Hacerse regalos es un bello impulso de los enamorados, pero también oculta afiladas aristas y conduce a zonas de sombra.

—¡Cuidado! —susurro al oído de Elisa—. No olvides que, en el corazón humano, el agradecimiento mantiene un duelo con el orgullo, y la mano que hace regalos también puede un día aprisionar.

Pero ella, lo sé, no presta atención a mi advertencia. La tarde es hermosa, un horizonte verde se delinea entre el mar y el cielo, hay luminosidad en la bruma y nada predispone a la duda o la cautela. Elisa y Eneas caminan por las callejuelas del barrio de pescadores, lanzando miradas a las casas de forma cúbica, a los muros cubiertos de flores, ennegrecidos por la suciedad y, más allá, a las torres almenadas donde se alzan los despojos de cabezas nómadas picoteadas por las aves.

La ciudad les parece un territorio nuevo que, por primera vez, se presenta ante sus ojos como la ciudad de ambos, rebosante de futuro. Yo impido que se fijen en las miradas recelosas de las gentes al pasar. Para ellos empieza un tiempo propio y tiene la dulzura de todos los comienzos.

Me acerco a Eneas y le soplo en la nuca. Entonces él siente más nítidamente la presencia de Elisa junto a él, la proximidad de ese cuerpo cálido como la tierra. Anhela tenerla otra vez entre sus brazos, besar su frente, besar sus labios, curvar las manos sobre sus pechos, sumergirse en ella y saberse a salvo.

—Si ese día no se hubiera desencadenado la tormenta, nunca habrías fondeado tus naves aquí y seguiríamos siendo desconocidos —dice Elisa.

—Los dioses quisieron traerme hasta ti —contesta Eneas.

—Cuando aparecisteis en el horizonte, zarandeados por las olas que reventaban contra vuestras naves, Ana os vigilaba desde el promontorio de rocas. Después corrió a palacio a contármelo todo. Ella creía que erais asesinos enviados por mi hermano, el rey de Tiro, para matarme.

—¿Por qué te odia tu hermano?

—Siempre sospechó que yo conspiraba contra él, para arrebatarle el trono— dice Elisa.

Por supuesto, no dice que las sospechas eran justas, que su marido Siqueo y ella ambicionaban el poder y que urdieron durante años una conjura para derrocar al rey. Pero ya sabemos que a la verdad le gusta ocultarse y los enamorados, deseosos de agradar, merodean de escondite en escondite.

—Ana me ha dicho que los esbirros del rey no descansarán hasta encontraros.

—Ana aún tiene miedo. Estaba en casa cuando los hombres de mi hermano irrumpieron violentamente, mataron a Siqueo y registraron habitación por habitación, en mi busca. Las dos corrimos un gran peligro. Para salvar la vida, huimos de Tiro y navegamos hasta aquí, pero Ana no olvida el terror de aquellos días. Le obsesiona la idea de que los asesinos nos encontrarán algún día y no conseguiremos escapar una segunda vez.

Elisa observa que los ojos gris plata de Eneas se nublan bajo sus pestañas oscuras y entonces, dejadme contener la sonrisa, imagina que puede leer sus pensamientos. Supone que, con la historia del asesinato de Siqueo, le ha hecho revivir la punzante pena por su mujer perdida. Pero como tantas veces en las que los humanos creen comprenderse sin palabras, Elisa se equivoca en lo esencial. No, lo que hiere a Eneas es la imagen de Ana obligada a ser testigo de la brutalidad de los asesinos, mirando mientras ellos mataban. De ahí, la memoria le ha conducido hacia los entresijos de su propia culpa, su culpa terrible por el crimen que cometió ante el pequeño Yulo.

Siempre me ha sorprendido que los seres efímeros oculten tantos recovecos, hasta el punto de volverse casi insondables los unos para los otros. Los dioses, en comparación, somos seres muy sencillos, tan claros como el aire.

Hablando de claridad, en el interior de las casas empiezan a brillar las luces de las hogueras, en previsión del rápido crepúsculo africano. Elisa y Eneas siguen caminando en silencio. Dejan atrás la plaza de los sacrificios y llegan a un terreno baldío junto a la muralla, donde crecen matas de hierba blanqueadas por la arena.

—Eneas —dice Elisa—, he pensado ceder estos terrenos a tus hombres. Creo que estarán más seguros si se instalan aquí, dentro del recinto fortificado, a salvo de los ataques de los nómadas, y empiezan a vivir con los cartagineses como un solo pueblo.

Eneas contempla el lugar, aspirando el perfume de los arbustos de lentisco y terebinto, mezclado con el olor a orina de todos los descampados del mundo.

—Gracias, Elisa. Eres generosa con mis hombres.

—Les alegrará, supongo, encontrar un refugio donde reponer fuerzas después del naufragio y de tantas penalidades. Aquí podrán levantar sus casas, construirse una nueva vida y prosperar.

—¿Sabes? —contesta Eneas—, una vez creímos haber encontrado el lugar que el destino nos reserva. Mi padre, después de meditar sobre la profecía, se convenció de que nuestra nueva patria, donde debíamos asentarnos, era Creta. En la isla empezamos a construir la nueva Troya, la ciudad soñada. Amurallamos el territorio, sembramos los campos, dicté leyes y asigné a cada cual su lote de tierras y el solar para su futura casa.

—¿Qué sucedió? ¿Por qué os marchasteis?

—Sufrimos una epidemia. Fue un estrago terrible. Los dioses no nos querían allí.

—Es una profecía extraña la que guía tus pasos.

—Los oráculos siempre son ambiguos, no es fácil interpretar correctamente sus augurios. Cada hombre debe colaborar, usando su inteligencia, para realizar el futuro que los hados anuncian —responde Eneas.

—¿Es Cartago tu destino?

—La profecía fija mi destino en tierras de occidente, como éstas. Y sé que han sido los dioses quienes me han guiado hasta tus costas, adonde llegué sin pretenderlo.

—Siempre he creído que el destino lo forjamos nosotros mismos —dice Elisa—, y que podemos cambiarlo. Si no, seríamos poco más que un puñado de ceniza o un montón de plumas que el viento lleva en la dirección de su soplo.

Eneas siente otra ráfaga de deseo por ella. Le asombra la fuerza y vitalidad que irradia. Sabe por experiencia que, al abrazar el cuerpo de Elisa, la tensión que anuda sus miembros se afloja y él se libera. Es más, secretamente espera que ella le enseñe a vivir sin la carga de sus indecisiones, sin la incertidumbre en cada uno de sus actos, sin tener que fingir la esperanza.

Ahora sería la ocasión de intentar alguna de mis tretas mientras aún palpita la intensidad del momento. Pero, lo admito, estoy confuso. No sé qué camino tomar ahora que los dos han cedido a mi influencia por motivos que se contradicen. ¿Cómo puedo unirlos, cuando Elisa reclama atrevimiento, entusiasmo y corazón rebosante, mientras Eneas busca paz, memoria vacía y corazón en calma?

Por alguna razón, los humanos nunca me dan facilidades.

¿Y qué hacer cuando ellos mismos construyen sobre el cimiento resquebrajado de un malentendido, y fingen no darse cuenta? Elisa llama juramento a su unión en la cueva, aunque ningún juramento fue pronunciado. ¿Por qué? Porque necesita pensar que los actos de Eneas equivalen a una promesa, la promesa de permanecer a su lado para siempre. Juramento… las palabras de los efímeros mortales son en el fondo conjuros para que se cumplan sus deseos. Por eso a menudo llaman a las cosas con un nombre que no les corresponde, pero el nombre falso y el deseo verdadero construyen una realidad nueva en la que ellos creen. Asombrosas criaturas.

¿Podré cumplir mi cometido y ayudarles a amarse por encima de las omisiones y los equívocos con los que tejen sus esperanzas?

Elisa

Nadie me había avisado, nadie me había preparado para esto. Cuando ya no la esperaba, por sorpresa, brota la llamada de la carne, tan ronca, dulce y oscura.

Estoy tendida a su lado, con los ojos cerrados, despierta. Él en cambio duerme, me alcanza la tibieza de su sueño a través del aroma que emana de su cuerpo. ¿Por qué el olor de su pelo y de su piel tienen este efecto sobre mí? A solas en la alcoba, acerco a mis fosas nasales su ropa, una túnica o un manto abandonado descuidadamente sobre la cama, y siento de forma viva su presencia. Lo sé, busco su rastro como hacen los animales. Soy un animal que olfatea despacio a su elegido y que hunde el morro en su cuello, en el hueco bajo su hombro, en los pliegues donde se refugia el calor y donde se condensan todas sus secretas fragancias.

¿Cómo iba a imaginar que el deseo me mordería con esta fiereza para sacarme de un letargo de años? Me muerde, ha cerrado los dientes sobre la presa y no deja escapatoria.

Él yace junto a mí, dormido en la más suave quietud. Ya ha salido el sol, y, abandonando su lecho en el océano, cabalga por el cielo. Dentro de nuestra alcoba, protegida por gruesas contraventanas, se filtran los primeros rayos, espadas de luz que se hunden en la oscuridad y al caer sobre su rostro, lo iluminan suavemente. Aparto de su cara el pelo alborotado y enrosco un mechón suelto alrededor de mi dedo. Su piel está viva, late al compás de la respiración. Deseo rozarla con los labios, pero la idea de despertarlo me detiene. Prefiero seguir mirándolo en secreto, sin inquietarme por saber si quiere o rechaza o le fatiga mi fascinación. Está de costado, hacia mí, los brazos en un amago de abrazo.

Me acerco más a él y monto una pierna sobre las suyas, un puente sobre el río de sus sueños imposibles de descubrir. Nacen preguntas en mi cabeza. ¿Quién es en realidad? Mis consejeros sembraron una duda maligna al decir que nada sabemos salvo lo que él ha contado. Su voz, sonora y bien timbrada, ¿dice la verdad? ¿Qué es lo que calla, lo que se propone? ¿Qué desea? ¿Qué piensa secretamente de mí? Ahora mismo, contemplado desde la orilla de mi vigilia atribulada, me parece un desconocido. Siento vértigo. Pero al mismo tiempo noto mi garganta anudada y es de nuevo a causa del deseo.

Me conmueve la juventud de su cuerpo, un cuerpo que seguirá siendo joven cuando el mío no lo sea. Envidio a las serpientes, que se despojan de los años dejando la vieja piel como una corteza abandonada, y sus escamas vuelven a brillar, nuevas. Para mí, sin embargo, la belleza tiene un límite. No habrá aplazamiento, nunca lo hay cuando el otoño se apodera de ti.

No quiero pensar en eso. Voy a esforzarme por acabar con esta cháchara absurda que me desvela en la soledad de la madrugada. Regresa a mi memoria un antiguo refrán tantas veces escuchado a mi nodriza tiria: "Aprovecha mientras puedas, pues tu barca navega en agua que fluye".

Navego en aguas que fluyen, que escapan, que ya nunca se pueden remontar. Por eso, ¿qué me importa arriesgarlo todo, contradecir las advertencias, hacer lo que otros llaman locura y error? A todos soy capaz de desafiarlos por él. Sí, lo veo con claridad, no quiero volver a la calma anterior, a ese vacío. ¿Qué era yo antes? Un armazón humano, una urdimbre de huesos y carne atada al esqueleto por los ligamentos, la cáscara vacía de un cuerpo. A causa de ese vacío no me nacía un hijo, por eso mis entrañas eran áridas. Ya no estoy hueca. Palpito, me balanceo agitada, entrelazo mis piernas a las suyas, mezclo su saliva con mi aliento, fluctúo en vacilantes idas y vueltas, cierro los ojos, oigo las aguas del mundo ondular en mis oídos y quedo bañada en su simiente.

No puedo apartar mi mente de esas imágenes. Las fantasías me asaltan en medio de mis ocupaciones cotidianas, mientras recibo a mis súbditos y mientras juzgo sus litigios y mientras recorro la ciudad y mientras delibero con los hombres del Consejo. ¿Ésta soy yo de verdad?

¿Cuál es la verdad? La verdad es que espero con impaciencia el momento de tenderme con él a la luz del candil. La verdad es que me enorgullece el placer que soy capaz de provocarle. La verdad es que si en mitad de la noche su cuerpo se aproxima al mío, en la penumbra del sueño deseo que me busque de nuevo. Pero sólo sus pesadillas le despiertan de golpe en mitad de la noche. Cuántas veces, durmiendo en su abrazo, noto su puño cerrarse dentro de mi mano, crispado.

Enseguida rompe a hablar y grita en su lengua, desconocida para mí. O tiembla con la expresión de un hombre acosado por mortales peligros. O se incorpora y mira a su alrededor, desorientado, presa de la angustia, parpadeando sin entender. Entonces yo lo apaciguo sin palabras, le hago recostar la cabeza sobre mi pecho, y él busca cobijo en la muesca de mi clavícula, exactamente igual que Yulo cuando se abandona al consuelo.

Nunca me explica nada, guarda silencio, no sé qué recuerdos le atormentan.

Clarea la mañana, pronto me levantaré. Eneas duerme en calma, nada se agita en él, reposa. Levanto el dedo para seguir en su piel las líneas de las cicatrices. Viajo, sin apenas rozarle, por los caminos que en su cuerpo han abierto las armas, caminos de un pasado doloroso y previo a mí. Allí está la impronta de su misterio. Sólo puedo explorar, lo sé, las huellas exteriores de sus enigmas. El interior es un mar vedado.

Ana

Esta tarde me duelen mis pequeños pechos puntiagudos, y siento vergüenza. Cuando los demás me miran, quisiera taparme la cara con las dos manos. Yulo es mi único amigo, el único que no se ríe de mis pechos pequeños y doloridos.

Ya no voy con Yulo a las playas solitarias. Ahora jugamos en los arenales junto a la muralla, para poder refugiarnos si nos amenazan de nuevo las hordas de guerreros nómadas. Permanecemos siempre a la vista de los guardias que vigilan las puertas de la ciudad. En días como hoy me duelen las miradas de los soldados, pero no me atrevo a alejarme. Estoy sentada, abrazándome las rodillas para ocultar mis senos, con la espalda apoyada en el tronco de una higuera pelada. Me gusta acariciar la trenza extraña de sus raíces que el viento desentierra al llevarse la arena. El suelo está sembrado de juguetes de Yulo: un palo, varias piedras lisas, una concha y una caracola, su caballito de madera. Contemplo las nubes, allá arriba: también tienen forma de caballos erguidos en el cielo. Me siento muy sola al mirar la playa gris, los velos de humo que suben desde la ciudad, la tristeza de la tarde.

—¿Qué quieres, Yulo? —pregunto.

—Boca. La boca —repite.

Meto el dedo en su boca tibia y suave para asegurarme de que está vacía. Desde que le enseñé el juego de asomarse a la ventana y escupir huesos de ciruela contra la gente que pasa, va a todas partes con el bolsillo de su túnica cargado de proyectiles que chupa a escondidas. Eso me obliga a vigilarle todo el tiempo.

—No te habrás tragado nada, ¿verdad? Pero ¿qué hay aquí? Se mueve un diente —digo. Con las cabezas juntas, estamos tan cerca que su cara me roza.

—Se mueve. Aquí.

Toco el diente tembloroso.

—¿Sabes, Yulo? —le digo, bajando la voz para llamar su atención—. A la gente de esta ciudad se le pudren y se le caen los dientes. Aquí todos tienen la boca hueca o agujereada. ¿Te has fijado? Y yo sé por qué. Es un secreto, pero mejor no te lo cuento porque tendrás miedo.

—Por favor…

El viento le agita el pelo sobre la frente. Tiene arena en las cejas. Dejo que me suplique: por favor, por favor. Vuelvo la cara hacia el mar de los mil susurros, donde las olas baten la orilla levantando una hirviente espuma blanca.

—¿No te asustarás? ¿Y no se lo dirás a nadie?

—No. Juro.

—La ciudad está maldita. Cartago es una ciudad maldita —digo, saboreando las terribles palabras—. Por eso los que viven aquí pierden los dientes. Por eso los árboles se secan y dejan de dar frutos, como esta higuera de la que ya nunca nacerán higos dulces. Además, una vez al año hay horribles plagas de escorpiones que salen de todas partes e invaden las casas, las calles, los campos. Por eso los únicos niños somos tú y yo. Las mujeres de esta ciudad son estériles, aquí no nacen niños.

Yulo me mira con ojos muy abiertos. Todavía no entiende bien todo lo que le digo. Abre la boca para preguntar, pero cambia de idea y empieza a colocar piedras y hierbas en un montón de tierra para levantar una montaña.

—Yulo, yo te he contado mi secreto sobre la ciudad, que no le he dicho a nadie más que a ti. ¿Me cuentas a cambio tu secreto?

—Secreto. El secreto de mi padre.

—Sí, Yulo. Dime más. ¿Tu padre…?

—Mi padre. Hijo.

—Padre, hijo… ¿Tú también eres parte del secreto, Yulo?

Su lengua tropieza, en su cara se refleja el forcejeo con las palabras. Aunque aprende rápido, todavía no es capaz de desvelar el misterio de Eneas.

—Madre —dice, levantando los ojos. Yo también miro hacia arriba. Las golondrinas y los vencejos revolotean y pasan casi rozando la pared de la muralla, con algarabía y giros y piruetas.

—No te entiendo, Yulo.

Murmura en su lengua. Después repite: "Madre", gritando como si se tratase de hacerse oír. Al final renuncia, dando un golpe con el pie en el suelo. De su boca escapa un bufido.

—Otro día me lo contarás —le tranquilizo.

El enfado desaparece pronto de su cara. Da palmadas a la montaña de arena y clava un palito en lo más alto. Lo observa satisfecho, limpiándose las manos en la tripa.

El misterio que oculta Eneas sigue rondándome la cabeza cuando veo aparecer, en la distancia amarilla, un jinete al galope. El polvo se eleva tras él en nubes hinchadas. Intranquila, presintiendo el peligro, tomo a Yulo de la mano y juntos buscamos refugio cerca de la guardia.

A medida que se acerca, el jinete se endereza en la montura. Corre tanto que si se lanzara al mar, cabalgaría sin mojarse, y si atravesase un campo, podría volar por encima de la mies sin doblar las espigas a su paso. El jinete es uno de los nuestros. Cuando llega ante las puertas, tira de las riendas y desmonta. El caballo, cansado, rinde la cabeza. Las crines oscuras se rizan por el sudor, tiene espuma en los belfos.

—He cabalgado toda la noche y todo el día —dice el jinete, respirando fatigosamente—. Creí que el caballo reventaría.

Los guardias lo conocen, responden con familiaridad.

—Puedes descansar en el cuartel —dice un centinela.

—Tengo que hablar con el consejero Malco el Escudo sin pérdida de tiempo —responde el jinete.

—El consejero Malco el Escudo está en el puerto, dirigiendo el desembarco de las mercancías que acaban de llegar. Si quieres, ve a dormir. Yo le llevaré tu mensaje.

—Sólo hablaré con el consejero. Y a solas. Decidle que traigo noticias, noticias que no pueden esperar. Él entenderá.

El centinela sale en busca de Escudo. El jinete permanece en pie, inquieto, guardando la hebra de otro secreto que yo quiero saber.

—Vamos niños, volved a casa —dice un soldado, alejándonos de los asuntos de los hombres—. Ya no es hora de merodear por las calles. Os acompañaré a palacio.

Siento otra vez la mirada del soldado sobre mi pecho. Me aparto para que su mano no roce mi cuerpo, pero él agarra por el brazo a Yulo y no nos queda más remedio que seguirle. Un nuevo misterio queda flotando en el aire junto al tenue humo del primero.

Eneas

Mi padre habría sabido convencerlos y apaciguar su descontento. Nunca hubiera consentido estas torpes provocaciones. Pero mi padre murió hace nueve lunas y dejó en mis manos, por entero en mis manos, la suerte de la expedición y la búsqueda de nuestro destino. Todavía ahora, tantas veces, me parece que puedo acudir a él para pedirle consejo.

La costumbre de ser hijo perdura más allá de la muerte que siega los lazos. A partir de ahora, todos los vendavales, todas las tempestades me encontrarán huérfano.

Subo la empinada cuesta que lleva a palacio. La belleza de la ciudad vuelve a impresionarme: las azoteas, los miradores aislados, los jardines, los cipreses en torno al templo como vigías formando en hilera, el azul de las montañas tras la barrera de bruma. Es un lugar hermoso para construir una vida, tan hermoso como fue Troya.

Los guardias que vigilan la entrada del palacio me abren paso, y un soldado que evita mirarme a los ojos me conduce al salón del trono. Elisa hace salir a las esclavas que tejen en los altos telares. Cuando quedamos solos, se acerca y reposa su mano en mi brazo. Yo deseo oprimir la cara contra sus pechos para desahogar mi rabia.

Una imagen atraviesa mi mente en toda su crudeza: empujarla hacia el muro, levantarle la túnica y poseerla junto al trono, furiosamente. ¿Eso reclaman mis hombres, que me abalance sobre ella para demostrar mi poder? Aspiro lentamente una bocanada de aire con la que quisiera vaciarme del dolor y la cólera.

—¿Cómo han recibido nuestra propuesta? —pregunta ella, mirándome con sus pupilas de carbón.

—Ya han empezado a desmontar el campamento para trasladarse al interior de las murallas.

—¿Les has dicho que les daré tierras y honores en pie de igualdad con mis súbditos venidos de Tiro? ¿Que les acogeremos en la ciudad como hermanos?

—Sí.

—Eneas, ¿qué sucede? ¿No quieren unirse a nosotros? ¿Desconfían de nuestra mano tendida?

—Son hombres rudos, forjados en el yunque de la guerra. No esperes que agradezcan tu generosidad con palabras cortesanas, pero puedo asegurarte que tienen un corazón leal —digo con voz cansada.

La conversación se interrumpe bruscamente. Un soldado abre la puerta, cruza el umbral y se dirige a Elisa con gestos exaltados. Bajo palabras que no comprendo, percibo un compás de alarma.

—Eneas —explica Elisa—, mi consejero Malco el Escudo insiste en hablarme sin demora. Trae noticias que no pueden esperar. Aguárdame aquí, por favor, no tardaré en regresar.

Mientras ella abandona la estancia, miro su espalda del color tostado de la arcilla, la morena alfarería de sus hombros. Enseguida la pierdo de vista. Sus pasos se alejan. Permanezco en el silencio de la sala donde arde el fuego con leve crepitar.

Vuelve a mí el recuerdo de mis hombres, hace sólo unas horas, contemplándome con caras de piedra, con rostros amurallados, cada fibra de su cuerpo tensa por el rechazo, por la negativa a dejar el campamento para instalarse en la ciudad.

Hoy el viento agitaba el cordaje de las naves y en las velas palpitaba el reclamo de la partida. Ellos quieren hacerse a la mar en los barcos ya reparados y carenados. ¿Por qué rechazan la hospitalidad de estas tierras? Tantas veces han maldecido las olas, el cansancio que les abruma, el hastío de mar. Tantas veces se han emborrachado contando los veranos transcurridos desde que cayó Troya y empezó nuestro vagabundeo por tierras, rompientes y sendas marítimas, siempre bajo duros cielos, en busca de una Italia que huye.

¿Por qué esta resistencia tenaz y pétrea cuando les ofrezco buscar morada aquí? Ya ha llegado el tiempo. Elisa nos acoge, los dioses nos animan. ¿No quieren poner fin a las miserias del destierro? ¿Por qué se niegan a probar fortuna en Cartago como antes en Creta? Si no es el lugar de nuestro destino, los dioses enviarán un signo inconfundible.

El gesto de Acates, el amigo que siempre luchó hombro con hombro a mi lado, me ha traspasado como una lanza. Sin pronunciar palabra, su acusación señalaba mi espada magnífica al costado y el manto rojo que pende de mi hombro. ¿Le ofende mi atuendo cartaginés por ser regalo de Elisa?

—No nos pidas que vivamos en tierra de otros —ha dicho Acates—. Queremos nuevos muros que lleven el nombre de Troya. Queremos trazar nosotros mismos el surco que delimite la ciudad.

—Una ciudad son sus hombres y no sus murallas —he contestado—. Troya somos nosotros, Troya renacerá donde vivamos y donde nuestros hijos crezcan en paz. Cartago puede ser ese lugar.

—¿Por qué te importa tanto obedecer los deseos de Elisa? —ha preguntado Acates con extrañeza.

La furia vuelve a hervir en mi interior al recordar las insinuaciones de Acates, su manera de sugerir que obedezco servilmente a Elisa. ¿Creen mis hombres que estoy sometido a ella? ¿Se burlan de mí cuando beben alrededor de las hogueras y eructan su desprecio por un rey que se deja humillar, arrastrándose ante una mujer?

Qué les puedo explicar a ellos, jóvenes feroces. Sólo han conocido los cuerpos de las mujeres a las que violan en combate, mientras todavía ruge el fuego de los incendios, o la sumisión de las putas por las que pagan en las tabernas de los puertos. Les he hablado en el lenguaje que mejor comprenden, les he dado orden de atracar los barcos en el puerto de Cartago y habitar en la ciudad. Una orden firme, seca, indiferente a sus ofensas.

De pronto, siento frío. Las palabras huyen en desbandada de mi cabeza, dejándome silenciosamente herido. Me acerco a la chimenea y dejo pasar el tiempo de espera contemplando cómo se desmoronan en el fuego las arquitecturas de leña.

Cuando vuelve Elisa, su semblante está pálido.

—Malas noticias, Eneas. Un soldado de Malco el Escudo, enviado a las montañas, ha descubierto que todos los pueblos libios se han aliado y están armando un gran ejército para aniquilarnos. Al frente de las tropas está Yarbas, el más sanguinario de los jefes nativos —dice.

Un último derrumbe en la hoguera eleva un enjambre de chispas rojas e incandescentes.

Eros

El palacio es un edificio plagado de susurros, de sombras que se esconden, de vigilancia, donde los rincones ocultan miradas agazapadas y oídos al acecho. Por eso, sugiero a Elisa con un susurro que busque la soledad de las calles de Cartago para refugiarse en un silencio que sea verdadera quietud y no sigilo de conspiradores. Demostrando una velocidad y una eficacia inconcebibles para los humanos, soplo para templar la brisa, alejo las nubes, abro el cielo de par en par con sus perfectas estrellas encendidas y, por decirlo brevemente, pongo a punto una noche serena, suave y luminosa, al servicio de los amantes.

Elisa guía a Eneas a través de la ciudad, hacia una torre donde un vigía armado abre para ellos la puerta de un pasadizo. Suben por una estrecha escalera que desemboca al aire libre, en el corredor de la muralla. Eneas se asoma a las almenas y ante sus ojos se despliega el territorio de dunas oscuras como el lomo de un gran animal.

Yo me coloco a su lado y me dejo llevar por un arrebato contemplativo. Para mi vista, acostumbrada a la monotonía de lo eterno, nada tan conmovedor como estos paisajes albergados en el seno del tiempo, donde todo fluye, palpita y se desintegra, renaciendo gracias a las más variadas metamorfosis.

Cuando dirijo mi atención de nuevo hacia Elisa, capto su impaciencia. Ha traído a Eneas hasta la muralla para mostrarle los avances en la fortificación de la plaza, su solidez ante la amenaza de Yarbas. Espera con ansia escuchar de sus labios palabras admirativas acerca de la ciudad y los baluartes que la protegen, pero él no rompe el silencio.

—Eneas —dice ella, incapaz de refrenar su agitación—, llegarás a amar esta ciudad. La tierra es fértil en cereales y abundante en pastos. Poseemos el mejor puerto de una costa donde los fondeaderos son escasos. Los muros protegen ya a los habitantes y pronto se extenderán por todo el istmo, volviéndonos casi invulnerables a los ataques del enemigo. Las tareas más difíciles ya han sido acometidas, nada temas de lo que traiga el porvenir.

Debo detener enseguida este discurso triunfante. ¡Paradójica situación! Elisa se siente orgullosa de sus propios logros y los proclama, mientras Eneas se acusa a sí mismo de una sucesión de fracasos y naufragios, aunque en realidad los dos han demostrado valor y esperanza en dosis parecidas y en circunstancias muy semejantes. He comprobado que entre los efímeros mortales sólo el éxito pone de relieve los méritos.

Hago callar a Elisa, colocándole el dedo en ese surco que une la nariz y labio de todos los humanos y que, considerando la precipitación y torpeza con que tantas veces se lanzan a hablar, siempre me ha parecido la huella de algún fallido intento divino de sellarles la boca.

El silencio nos envuelve de nuevo. Elisa se acerca a Eneas y le acaricia suavemente el pelo. Él cierra los ojos. Para averiguar qué está pensando, coloco la mano sobre su frente, pero la retiro enseguida, sobresaltado. Su mente no está invadida, como esperaba, por el placer o el deseo o la ternura. La ocupa un terrorífico recuerdo de guerra. Eneas se ve a sí mismo dirigiendo la defensa de una empalizada. A medida que los asaltantes trepan, los soldados de Eneas cortan sus manos con hachas.

—Ojos grises —dice Elisa—, ¿qué te preocupa?

—Perdona, esta muralla me trae recuerdos del asedio de Troya.

—Eneas, aquí no se repetirá todo aquel sufrimiento.

—Ningún ejército trabaría combate sin la ilusión de una victoria segura. También nosotros la teníamos.

—Lo sé, Eneas, y por eso estoy conteniendo a mis belicosos consejeros, que intentan convencerme de atacar a Yarbas tomando la iniciativa en lugar de limitarme a preparar las defensas. Mis hombres creen que soy lenta en hacer la guerra, débil y compasiva, mujer al fin y al cabo. Esos rumores corren entre mis tropas.

—Elisa, no te dejes arrastrar por esa fanfarronería absurda. Haz caso a mis palabras, envía embajadores al palacio de Yarbas y halaga su vanidad con regalos y una propuesta de alianza ventajosa para él. En Troya aprendí que la salvaguardia de un reino no son los ejércitos ni los tesoros, sino los aliados. No hay fortaleza más inexpugnable que una sólida alianza con los pueblos vecinos.

Interrumpe la conversación un centinela que recorre el camino de ronda marchando a pasos regulares. Cuando su silueta desaparece, Elisa busca otra vez la proximidad del cuerpo de Eneas, se reclina suavemente sobre él y, al sentir su calor, cierra los ojos. Eneas, sin embargo, le parece indiferente a su contacto, frío, lejano, fatigado. Y esta pequeña criatura arrogante, como todos los humanos, sufre al comprobar que su mera presencia junto al otro no es capaz de reanimar el mundo. Conozco estas ideas amorosas de los humanos que, en el apogeo de sus sentimientos, creen que todo el bien y todo el mal de sus vidas procede del amado, y que lo demás sólo puede afectarles de forma amortiguada, como un vago eco. Pocas actividades despiertan en los efímeros mortales expectativas tan enormes como el amor. Por causa de esas fulgurantes fantasías, yo, pese a todos mis desvelos, dejo tras de mí legiones de desilusionados mucho más numerosas que ningún otro dios.

Mientras me pierdo en estas digresiones, Eneas vislumbra en la lejanía una brizna de claridad, una pequeña luz, el minúsculo resplandor de un fuego.

—Elisa, creo que hay hogueras encendidas en el desierto.

—¿Dónde? Espera… Tienes razón.

—¿Qué podría ser? ¿Pastores nómadas?

—No, los nómadas nunca se dejan ver fuera de los poblados. No es fácil advertir su presencia. Acechan en cuclillas escondidos entre los arbustos. Se cubren el cuerpo de tierra y pintura para confundirse con el color del follaje. No, no se trata de nómadas. Temo que Yarbas haya enviado una avanzadilla para espiarnos.

—Elisa, atravesaré las dunas hasta el lugar de donde provienen los misteriosos destellos. Llevaré a Acates conmigo. Debo averiguar si de verdad nos apuntan armas enemigas detrás de esas hogueras, o el miedo nos hace ver ilusorios enemigos donde sólo hay evanescentes sombras.

Y así, por mi descuido de un instante, el paseo nocturno a través de la ciudad dormida desemboca en una expedición de guerra. ¡Por Aquiles, que sólo supo que amaba a la amazona Pentesilea un instante después de matarla en combate, los humanos nunca dejarán de sorprenderme!

Eneas

La negra noche nos rodea con su envolvente sombra. Juntos frente a los peligros, Acates y yo recobramos la antigua camaradería. Ningún rencor, ninguna acusación silenciada se interpone entre nosotros. Hoy, de nuevo, no ha vacilado en arriesgar la vida cuando he acudido a él. Al mirarlo, comprendo que su presencia me da fuerzas para avanzar a través de este mundo sembrado de emboscadas.

Una vaga claridad precede a la salida de la luna. Caminamos con movimientos medidos, en silencio. Nuestros pies se posan en el suelo como las patas de un felino; apoyamos suavemente el talón y después la punta, lentos, cautelosos. No olvido la advertencia de Elisa: podría haber nómadas observando agazapados entre las ramas de los acebuches o los arrayanes.

De pronto, un ruido me sobresalta y mis dedos se cierran alrededor de la empuñadura de la espada. Mientras desenvaino, un pájaro nocturno se posa cerca de nosotros como una flecha que pierde vuelo. Oigo suspirar a Acates mientras se enjuga la frente. Ante nuestros ojos se perfila una ladera de olivos que oscilan al soplo del viento y parecen arder delicadamente en llamaradas de plata. Nos internamos entre los árboles y nos acuclillamos. Todo lo domina una lúgubre calma; el mar se remueve en su lecho, el lomo de la tierra inmensa se extiende a lo lejos. Nada perturba la quietud hasta que, de repente, el resplandor de las hogueras que vigilamos empieza a moverse de forma misteriosa. Miro fijamente las manchas de luz. Algo está sucediendo en la penumbra azul, pero la distancia y la oscuridad protegen el secreto.

—¿Has visto? —susurra Acates.

—Hay cuatro pequeños destellos en movimiento.

—Son hombres llevando teas.

—Se han detenido a la orilla del mar.

Guardamos silencio, los cuerpos tensos, la respiración contenida. Fluye el sudor por mi espalda. Un nuevo resplandor, más intenso, flota sobre el agua. Entonces, por fin, la luna se alza, ilumina el llano azul y las olas quedan surcadas por una columna reluciente. Su luz se vierte sobre la silueta de un barco en llamas que avanza impulsado por la brisa.

Y con un latido acelerado del corazón, lo entiendo todo. Nos atacan.

—Han prendido fuego a una vieja nave llena de sarmientos y ramas secas y la han lanzado contra el puerto de la ciudad. El viento sopla a su favor. Si el incendio se propaga, destruirá la flota cartaginesa.

—También nuestros barcos están anclados en el puerto y corren peligro —dice Acates—. ¡Perros traicioneros!

—Hay que regresar y dar la alarma antes de que el fuego devore las naves.

—¿Podremos llegar a tiempo?

—¡Sígueme tan aprisa como puedas!

Me lanzo a correr por el ondulante camino de arena color hueso, levantando una pequeña nube de polvo. Noto el aliento de Acates a mi espalda y las gruesas gotas de sudor que me resbalan por la cara. Giro la cabeza sin detenerme y alcanzo a ver el barco incendiario mientras se desliza en calma, con la belleza de una estrella maligna, dejando en el mar una estela lívida que cicatriza lentamente.

Nuestros pies se hunden en la arena. Por un instante, me parece que esta carrera está sucediendo en un sueño, uno de esos sueños en los que no se puede atrapar a quien huye ni el fugitivo consigue escapar, y la persecución se prolonga, sin resultado ni razón de ser, pura duración y angustia para el que duerme.

Asustados por nuestras pisadas, los reptiles escapan veloces entre las piedras y las aves levantan el vuelo con repentinos golpes de alas. Jadeo. Me pesan las rodillas. Nos aproximamos a la muralla. Suena en mis oídos un zumbido agitado.

Las puertas.

Las puertas de la muralla.

Nos detenemos con un sollozo de liberación.

Los vigías nos reconocen y abren paso. Con la voz alterada por el esfuerzo, intento explicarme. En vano. No comprenden nuestros avisos. Además, el muro oculta a la vista el trecho de mar donde navega la nave en llamas.

—No hay tiempo que perder —digo a Acates—. Tenemos que intentar salvar la flota nosotros mismos.

—¿Cómo te propones hacerlo?

—Remolcaremos la nave ardiendo fuera del puerto. Para conseguirlo necesitaré a nuestros mejores remeros. Ve a buscarlos, sácalos del lecho y acude con ellos al muelle. Os esperaré a bordo de la Leona, nuestra embarcación más liviana y ágil, desplegando las velas. ¡Apresúrate!

Acates parte en dirección a las dependencias del antiguo granero donde duermen mis hombres desde que se instalaron en Cartago. Yo encamino mis pasos veloces al puerto. El presentimiento de un desastre oprime mi pecho con su cerco de terror. Tomo aliento a sorbos rápidos. Las calles están vacías, pero en mis oídos agudizados por el miedo reverberan ecos de susurros y murmullos furtivos. Por encima de la oscuridad de las azoteas se asoma una gran luna roja bañándolo todo en una luz siniestra.

En las puertas de las casas, largas cortinas de varillas restallan al viento. ¿Me engaño o hay unos dedos que abren una rendija para mirar? Al pasar ante una ventana con los postigos entreabiertos, atisbo un candil que proyecta en el suelo sombras movedizas. A mi pesar, me sobresalto.

Desemboco en la gran plaza de los sacrificios donde la luna derrama su claridad violeta. Alcanza mis oídos el retumbar de unos pasos alejándose. Instantes después advierto con extrañeza que, entre las sombras, no lejos del altar, un hombre yace tumbado boca abajo. De su garganta brota una débil llamada, un gorgoteo de voz. Me aproximo a él, le toco el hombro; por toda respuesta, el desconocido gime. Le empujo con más fuerza, haciendo girar su cuerpo.

Y entonces, el horror me golpea.

Veo su pecho destrozado por feroces heridas de espada. La respiración silba en una enorme brecha a través de la cual escapan el aliento y la vida. Sacude los pies, sus talones convulsos azotan el suelo. Intento restañar la hemorragia pero me resulta imposible detener la sangre que corre a ríos. A pesar de mis esfuerzos, pronto exhala su última bocanada de aire, una niebla se esparce por sus ojos y le invade el frío de la muerte. Cierro sus párpados. Le conozco, he sufrido su enemistad: se trata del consejero Elibaal el Arco.

Estoy en el lugar tibio de un crimen.

Me incorporo, miro a derecha e izquierda. Ningún paso, ninguna voz quiebra ya el silencio. Adivino ojos ocultos tras las ventanas. El corazón me golpea contra las costillas,

las ideas huyen despavoridas de mi mente. Ignoro cuánto tiempo transcurre hasta que recobro la serenidad. Ruego a los dioses que den hospitalidad al espíritu de Elibaal en la vasta mansión de los muertos. Después corro hacia el puerto.

—Eneas, sube. El incendio todavía no ha prendido —grita Acates haciéndome señas desde la cubierta de la Leona. Me lanza una escala por la que trepo a bordo. Los hombres aguardan sentados en hileras sobre los bancos de remos. Izamos el ancla, los remos se hunden en el agua negra y, tras un brusco tirón, el barco empieza a deslizarse.

—Vamos a enganchar la nave en llamas con garfios y cuerdas y a alejarla de aquí. La arrastraremos hasta una rada deshabitada —grito.

Los remos se sumergen y se elevan con un ritmo perfecto. Nuestro timonel orienta el barco rumbo al peligro que nos viene al encuentro como una guirnalda de fuego.

—¡Lanzad los garfios! —ordeno.

El viento trae una lluvia de chispas.

—¡Lanzad una vez más!

La nave queda prendida. Maniobramos para abandonar el puerto con nuestro peligroso séquito de llamas. Acates posa sobre mí una mirada inquieta, con la luz del incendio reflejada en sus ojos y en su barba.

Mientras mis hombres reman, recojo agua de mar para sofocar las llamas si el fuego prende en nuestra embarcación. Ráfagas de aire abrasador me asfixian. El muelle se aleja. La proa de la Leona corta la espuma al adentrarse en la noche. El incendio vomita un humo lento. Entonces veo que las maromas de crin y cáñamo que nos sirven para tirar de la nave empiezan a arder. Lanzo un cubo de agua hacia los pétalos de fuego que florecen en las cuerdas.

—¡Remad! ¡Remad! —grito.

Nuestro barco avanza, impulsado por la fuerza de los pulidos remos.

—¡Rumbo a la ensenada!

Giran los remos del timón, con sus anchas palas. Se abre ante nosotros una playa arenosa donde el incendio se extinguirá sin peligro. Cortamos las maromas y saboreamos nuestra victoria. Exhausto aún por el esfuerzo, Acates se acerca a mí con rostro oscuro.

—Eneas, ¿estás herido?

Entonces reparo en que mi túnica y mis brazos están manchados de sangre espesa. Regresa a mi memoria la imagen del hombre asesinado, los labios abiertos de su herida y el siseo que brotaba de ellos como si allí riera la muerte.

Ana

—¡Agua! —pide Yulo, chasqueando la lengua y abriendo la boca para mostrarme su garganta seca.

Se ha quedado quieto en el centro de la calle. El viento le agita el pelo rizado sobre la frente. Se sujeta los costados con las gordas manitas. Ahora no presta atención al perro vagabundo que husmea con su hocico todo húmedo entre las inmundicias derramadas por el suelo, ni a la gallina coja que merodea picoteando en el polvo, ni al alfarero que hace girar el torno y con sus manos modela el vientre ondulante de un cántaro, ni al hombre que dobla la espalda bajo un haz de leña, ni al esclavo que come los restos del plato de sus amos y se chupa los dedos. No, Yulo ha dado órdenes y, si no cumplo, brotarán de sus ojos chispas furiosas con las que me fulminará, o por lo menos me chamuscará el pelo y las cejas.

Me acerco a unas mujeres que charlan sentadas en el poyo del zaguán, junto a los portones de una casa.

—Hermanas —les digo—, ¿me podéis ofrecer un poco de agua para aliviar la sed del niño?

Las mujeres nos miran ceñudas. Veo una sombra oscura en sus gestos.

—Si necesitas agua, sácala tú misma del pozo. Yo no acarreo mis pesados cántaros para dar de beber al hijo del asesino —responde.

—Estás equivocada, mujer. Eneas no mató a Elibaal el Arco. Ten cuidado con la injuria que encierran esas palabras —digo.

—Muchos ojos le vieron esa noche con la túnica embadurnada de sangre. Todos sabemos que es culpable. ¿Cómo puedes ser adivina estando tan ciega?

—Aléjate de los extranjeros, niña —añade otra mujer—. Sólo han traído a estas tierras desgracia y muerte. Son odiosos para todos los que vivimos en esta ciudad.

Yulo, que ya entiende algunas palabras, exhala un sollozo de dolor y lamento, suelta mi mano y escapa corriendo.

—¡Que los dioses castiguen vuestra afilada lengua! —grito a las mujeres y echo a correr alzando con la mano la punta de la falda.

Persigo a Yulo a través del dédalo de calles, cruzo tras él la puerta de la muralla y lo alcanzo por fin en la orilla espumosa del mar. Le abrazo de rodillas sobre la arena. Sus mejillas redondas y tibias me mojan el hombro.

—Yulo, Yulo, no llores… Esas mujeres, ¿has visto?, tienen los dientes podridos y por eso de sus bocas brotan palabras que huelen mal y son mentira —digo.

Yulo llora tumbado en mi regazo, con grandes sacudidas. Mientras le acaricio el pelo, decido que no volveremos a salir a las calles hasta que el verdadero asesino sea descubierto y calle el clamor contra Eneas. Entre tanto, jugaremos dentro de palacio y en los jardines.

El mar, en su movimiento de avance y retirada, nos moja las piernas con su lengua fría. Estamos tumbados donde las olas depositan una orla de espuma amarilla. Hundo los dedos en la arena suave y trazo varias líneas gemelas. Yulo empieza a sosegarse. Se me ocurre una idea para distraer su mente de las ideas penosas.

—Yulo, ¿sabes dibujar palabras?

Levanta su mirada húmeda y clava en mí sus ojos cuajados de brillo. Niega con la cabeza.

—A mí me enseñó mi madre y ella a su vez lo aprendió de su padre, que era mercader y navegaba surcando la gran llanura del mar. En mi tierra fenicia, las personas sabias trazan dibujos que hablan.

—¿Cómo hablan los dibujos? —pregunta Yulo.

—Es magia. Con estas letras puedo decir lo que quiera sin abrir la boca. ¿Qué palabra quieres que dibuje?

—Padre.

—Padre se dibuja así —digo, trazando las letras con la punta del dedo en la arena apelmazada.

—Hijo.

—Aquí dice hijo. Y éste es tu nombre. Y el mío.

—Padre. Hijo. Yulo. Ana.

—¿Te gustaría aprender, Yulo? Puedo enseñarte. Tendrás que recordar la forma de las letras y cuando estén bien grabadas en tu cabeza, podrás dibujar todas las palabras del mundo.

—¿De verdad?

—Sí. Esta letra toda redonda es una rueda. Y esta letra quebrada es la serpiente. Ésta es una mano. Y ésta, la cabeza de un buey. Esta letra ondulada representa el agua y esta otra, un pez. Y aquí, un anzuelo, una ventana, una puerta, la joroba de un camello… Son bonitas, ¿verdad?

Yulo mira atentamente las letras. El sol le hace parpadear. Boquiabierto, empieza a rascarse la costra roja de una herida justo debajo del codo. De pronto, se levanta y corre a buscar una rama que se mece en el agua.

—¿Cómo dibujas Eneas? —pregunta, empuñando la rama con sus colgaduras de algas. Guío su mano con suavidad y los trazos se dibujan en la arena húmeda.

—¿Diosa? —dice Yulo con los ojos muy abiertos. Mi brazo conduce de nuevo los surcos de su escritura.

Excitado, Yulo vuelve la mirada hacia mis incisiones y torpemente dibuja de su propia mano los trazos de una palabra: hijo.

—Eneas. Hijo. Diosa —leo.

—El secreto de mi padre.

El corazón late con ritmo precipitado en mi pecho.

—¿Tu padre nació del vientre de una diosa? —pregunto. Yulo aprieta los labios y señala los dibujos.

—Es un gran secreto, yo no puedo pronunciarlo.

—Guardaré el secreto —digo, llevándome los dedos a la boca—. Hay un sello sobre mis labios.

Levanto la cabeza hacia el cielo, por donde se mueven caravanas de nubes. Alcanzo a ver en pleno día el disco brumoso de la luna. De pronto, las nubes se separan y un hermoso resplandor acaricia la playa al desplazarse sobre la arena. Todo es prodigioso durante el brillo de un instante. El hijo de una diosa… Ahora estoy segura, Eneas nos sacará de aquí y nos llevará de viaje por todos los horizontes del mundo. Intento imaginar las aventuras que correremos juntos Yulo, Elisa, Eneas y yo, protegidos por la diosa de la sonrisa eterna. Y mis pensamientos se deslizan como un sueño, revoloteando mar adentro.

Yulo me reclama. Entusiasmado ante la magnitud de su hazaña, repite una y otra vez los trazos en la arena con su palo cubierto de algas.

—¡Ana! Mira mis dibujos.

Los desciframos juntos y reímos por la pura alegría de saber hablar sin voz.

—Basta por hoy. Mañana te enseñaré nuevos dibujos —digo cuando el sol empieza a rodar cuesta abajo hacia el horizonte—. Volvamos al palacio. Allí te daré agua en un frasco de barro cocido. Ven, arriba.

Tiro de él para ponerle en pie. Cuando nos alejamos, lanzo una mirada hacia atrás. El mar parece arquear la espalda como un animal. Las olas han empezado a bañar las huellas que quedan en la arena, borrándolas con un susurro. Las letras se desvanecen sin dejar rastro.

Mi madre solía decir que, algún día, muchos aprenderán a dibujar sus pensamientos, y la magia de guardar las palabras se extenderá, y será un gran conjuro contra el olvido.

Elisa

Él me ha vuelto más sensible a todas las caricias, también a la caricia del agua. Entro en la tina donde las esclavas han preparado mi baño. Cuando me agacho y extiendo las piernas, el agua susurrante se abre camino hasta los escondrijos más remotos —entre las nalgas, en los pliegues del sexo—, levantando ondas, sumergiendo mi pecho, derramándose.

Visto una túnica del más fino tejido de lino que, al sentarme en el baño, se empapa de agua y se hincha en torno al ceñidor como un nenúfar en mi cintura. Nunca me despojo de la capa interior de mis vestiduras, me da miedo contemplar mi propia desnudez sin una última veladura, sin una neblina de suave hilo que esconda los rastros del tiempo. También ante él, sobre todo ante él, aparezco en el momento del amor cubierta con velos, reducida a una silueta tenue entre sus finos pliegues. Me estremezco. ¿Qué sentiría él si posase sus ojos, sin disfraces ni tapujos, en una carne que empieza a marchitarse?

Dejo descansar la cabeza, mis brazos reposan sobre el borde de la tina. Bajo el lino se transparentan mis pezones gemelos, la negrura de mi vello secreto. Mientras las esclavas untan mi piel con jabón de ceniza de haya y grasa de cabra, poso la mirada en una arqueta de madera, apoyada sobre un escabel. Allí aguardan las lujosas mercancías que he mandado comprar en Egipto: aceite aromático para la piel, mirra para rociar el cabello, perfumes y pinturas de ojos. He esperado con impaciencia la llegada del barco que me traía este cargamento de ungüentos y esencias. He codiciado durante semanas este elixir de juventud, yo, que nunca antes me adorné.

En la gran estancia de los baños flota ya un vaho cálido. Las hojas entreabiertas de los ventanucos tamizan los rayos de luz, y en las bañeras danzan pequeños soles mil veces multiplicados por el agua.

Miro a Yulo. Disfruta de su baño en una tina pequeña colocada junto a la mía. Chapotea, da palmadas, sopla para hinchar pequeñas pompas de jabón. Alrededor de los islotes de sus rodillas dobladas cabecea una flota de barquitos de cáscara de nuez con pequeños remedos de mástiles y velas. Cuando percibe la atención que presto a sus juegos, traza unos signos extraños en el agua. Sin entender el acertijo que encierran sus gestos, finjo admirar los garabatos de agua. Mientras dibuja, Yulo pronuncia extrañas palabras que enmarañan su lengua y la nuestra.

Sumerjo los brazos y el agua los recorre con ondulaciones luminosas. Una vez más, el deseo clava en mí sus espuelas. Pienso de repente en los susurros de las horas oscuras, en las medias palabras del placer nocturno. Regresan a mi memoria los momentos de abandono en los que él ha oprimido su cara contra mis pechos. Quiero volver a sentir en la boca la sal de su sudor, el sabor tenue y fugaz como el agua que deja en mi lengua.

Qué no daría por saber la razón de sus repentinos distanciamientos, de ese aire de lejanía, ese apagarse y quedar sumido en el silencio. Él nunca ofrece una explicación y yo temo preguntar. A veces creo reunir el valor, las palabras despuntan en el extremo de mi boca, pero en el último momento vuelven al fondo del pecho en un vuelco.

Mi corazón se agita como este rayo de sol que cae sobre el agua de la bañera y, desde ahí, lanza sus reflejos en rápido torbellino hacia los muros de la sala.

¿Olvidaría Eneas su tristeza si gozase de más poder en Cartago? Afianzaré su posición en la corte. Le ofreceré un puesto para él y para su compañero Acates en el Consejo. No serán bien recibidos al principio, porque la extraña muerte de Elibaal ha inflamado el odio contra los troyanos. Pero la voluntad de los hombres se puede modelar con promesas de oro y cargos, como el metal en el yunque. Poco a poco, con astucia, elegiré para los puestos de mando a guerreros cartagineses que tomen partido por Eneas. Ahora que la guerra con Yarbas parece inevitable, debo fortalecer mi autoridad y debilitar la influencia de Malco, cada vez más embebido de arrogancia.

Maldigo la estrella siniestra que brillaba la noche en que Eneas fue visto, salpicado de sangre, junto al cadáver de Elibaal. ¿Por qué nuestra calma ha tenido que verse perturbada por la amenaza de Yarbas, por sombras de conjura, por muertes misteriosas? Nubes oscuras parecen cernirse sobre nuestro cielo, igual que este vaho se acumula en la estancia de los baños. Agito las manos para disipar la opresión.

Dos esclavas están enjabonando a Yulo. Sus brazos mojados y relucientes frotan vigorosamente el cuerpo del niño.

Todas mis siervas son mujeres de piel oscura y labios gruesos, ninguna de ellas más joven ni más hermosa que yo. Duermen en la antesala de mi cámara y tienen prohibido compartir su lecho con hombres. Quizá por eso acarician de forma furtiva el diminuto sexo de Yulo, dan palmadas y estallan en carcajadas.

—Basta ya —les digo—. Traedme más agua caliente.

Las esclavas toman una jofaina que se calienta en la chimenea, sobre un trípode de metal, acuden con ella y se apresuran a verter su contenido en la tina donde me baño. Después secan el cuerpo de Yulo entre muecas y risas ahogadas.

Yulo corre a mi lado. Huele a jabonaduras, a lana, a pan y a leche cuajada. Acaricia mi pelo. Yo le sonrío y desciño mis trenzas para él. Entre rumores gozosos, hunde la cara en mi melena, tira de ella, la revuelve, la enreda.

Mi corazón se inunda de una suave tristeza. Quisiera haber cargado a Yulo en mi propio vientre, querría haber conocido las fatigas del parto, haberle amamantado con mi seno, haberle acunado secreta, dulcemente, haber limpiado su suciedad, su orina, su vómito. Entonces me llamaría madre. Entonces Eneas me miraría con la ternura que los hombres reservan para la mujer que ha dado a luz a sus hijos.

Eneas

Tendido de espaldas, dejo que la agitación del cuerpo amaine y el corazón empiece a aquietarse. Cierro los ojos. Los pensamientos se vuelven hebras de humo que se desvanecen.

Dentro de mí se posa, con la delicadeza de un pájaro, una lenta calma.

Vuelvo la mirada hacia ella. El gesto de su rostro me llena de un súbito orgullo. Tiene los labios entreabiertos y los ojos fijos, vencidos. Escucho su aliento, que escapa al compás del mío. Las llamas de las lámparas se quedan rezagadas con suave temblor en su piel. La siento cerca, respirando conmigo. Ella gira la cabeza, sonríe y alarga la mano para rozarme el cabello.

—Dime, ¿qué preocupaciones te persiguen? Desde hace días, la inquietud oscurece tus ojos —murmura.

Rozo sus labios con mis dedos para acallarla. Descansamos uno en brazos del otro. La silueta de su cuerpo se dibuja bajo una fina túnica de lino. Ojalá un día se despoje de esta prenda, abandonando los trucos de coquetería, las estrategias, las máscaras. Sin embargo, para ella no es fácil desnudarse del manto regio.

—Una nube ensombrece tu frente —insiste, posando un dedo en mi sien—. ¿Qué puedo hacer?

—Elisa, me acoges en tu lecho, pero tu pueblo me cierra las puertas. Si quieres ayudarme, busca al asesino de Elibaal el Arco. Ese crimen sin resolver ha desencadenado un oleaje de odio contra mí.

—Es difícil esclarecer el misterio —dice—. Pero hay otra forma de lavar tu nombre. ¿Aceptarás formar parte del Consejo? Deseo nombrarte a ti y a tu mano derecha, Acates. Desde ese puesto podrás defender tu inocencia y juntos convertiremos Cartago en el gran imperio que los hados profetizan para ti.

—Tus hombres nunca lo tolerarían —respondo—. Con esos nombramientos levantarás una tempestad de celos, rumores y conspiraciones.

Guardamos un largo silencio. Mi memoria revive la guerra de Troya, que aplastó mi juventud con su torbellino de calamidades y destrucción. La idea de vivir otro asedio me hiela los huesos. ¿Estoy a tiempo de evitar la catástrofe uniéndome al Consejo? Aquí hasta el aire resuena con fragor de armas y presagios de nuevas matanzas.

Los pies de Elisa me acarician. Gime, respira profundamente y se rinde al sueño. Ella puede dejarse acunar por el descanso. Ya ha realizado su ambición, ha edificado en estas costas una réplica de su amada Tiro. Yo, sin embargo, no puedo encontrar reposo en Cartago. No quiero vivir varado en el dique de los tiempos pasados, necesito romper amarras con la locura de la guerra y el hambre maldita de oro. Ojalá supiera cómo explicarle que la misión que emprendí con mis hombres no es resucitar Troya, aunque nos embargue la nostalgia. Fundar una ciudad significa construir los cimientos del futuro, sus calles no pueden estar pobladas de fantasmas. Desde que iniciamos este viaje, he deseado abrir nuevos puertos, labrar otros campos, dorar con mansa espiga las tierras yermas, dictar leyes nunca escritas y ver girar la rueda de los siglos. No quiero devolver la vida a un mundo pretérito y derrotado.

Rompiendo la quietud de mis pensamientos, escucho unos extraños ruidos que proceden de la noche exterior. Me incorporo sobresaltado. Elisa duerme. Aguzo el oído: los muros retumban con la violencia de unos fuertes golpes.

¿Intentan abrirse paso hacia la alcoba y atacarnos? Sentado en el lecho, busco el cinto del que cuelga mi puñal.

Me aproximo sigilosamente a las gruesas contraventanas para hacer frente al peligro. Apoyo las palmas de las manos en los batientes y los empujo con fuerza. Un fuerte olor a orina de caballo impregna el aire. El corazón se acelera en mi pecho mientras mis ojos se acostumbran gradualmente a la oscuridad. La ventana mira al patio de cuadras vacío; de repente, con un gran estrépito, el caballo blanco de Elisa echa abajo el portón del establo y se lanza a galopar en círculos, sin bocado ni bridas, presa de una furiosa ansiedad, soñando con la fuga. Contemplo al animal encabritado, como una pálida antorcha en la penumbra. De su belfo caliente brota un ribete de espuma y sus ojos color púrpura miran extraviados. Me pregunto qué terror le espolea en esta enloquecida carrera.

Cuando regreso al lecho, Elisa no ha salido del sueño. A la luz de la lámpara de aceite que todavía arde con una llama limpia y quieta, la piel de su garganta late suavemente. Siento deseos de acercar mis labios, me detiene el temor a perturbar su descanso. Me inunda la ternura hacia ese cuerpo tibio y acogedor. La emoción se extiende y se ramifica. En silencio, evoco el tiempo vivido junto a ella, su generosidad, el deje extranjero de su voz, su forma de moverse, sus pies esbeltos, su valentía, el cimbrear de su cintura cuando ríe.

¿Es mi destino permanecer junto a ella y capitanear la guerra contra Yarbas? Las infatigables dudas se adueñan de mí. Me siento arrastrado por vientos contrarios, a merced de corrientes poderosas que me zarandean. Soy un peñasco que intenta resistir al mar, rodeado por el rugido de las olas, mientras alrededor tiemblan, espumeantes, rocas más fuertes.

Dirijo una plegaria angustiada a los dioses. Por favor, enviadme un signo. Necesito saber cuál es mi auténtico camino.

En el patio sumido en tinieblas relincha el caballo blanco, todavía al galope.

Ana

No hay en todo el palacio un lugar mejor para esconderse que éste: la gran vasija agrietada de la despensa. Sólo un cuerpo ágil y flaco como el mío puede deslizarse a través de la boca y acuclillarse dentro. Sé que aquí, en mi guarida de barro, Yulo tardará en encontrarme.

Recuerdo que el llanto me ardía en los ojos cuando las gentes de Tiro me atormentaban con motes humillantes: la hija bastarda del rey, la pequeña hechicera. Quiero salvar a Yulo de los insultos que ahora brotan de todas las bocas, llamándole el hijo del asesino. Por eso jugamos al escondite en palacio, sin salir a las calles, para escabullirnos del odio de las personas mayores, para escapar de los espesos escupitajos amarillos que las mujeres lanzan contra Yulo. He inventado reglas para protegerlo incluso en el interior del palacio. Debe buscarme sigilosamente, sin que nadie más lo vea. Si un soldado o una esclava atraviesan la estancia donde él sigue mi rastro, tiene que encontrar un escondrijo antes de que le sorprendan. Así vivimos desde hace días, invisibles para los otros, como animales que huyen veloces hacia sus madrigueras.

Una grieta que parece un rayo dibuja su zigzag en la vasija y se ensancha justo a la altura de mis ojos. Vigilo a través de esa pequeña mirilla el sótano bañado en luz tenue. Me agacho para observar las vigas oscuras, donde penden ganchos con reses desangrándose. Por los cuerpos abiertos en canal resbalan oscuras gotas, y caen, y alrededor danzan las moscas, negras y golosas, con monótono bordoneo.

Oigo unos pasos. Dejo caer la espalda contra la pared redondeada de la vasija y me abrazo las piernas. La rendija me permite ver los pies de un hombre y la orla de una elegante túnica. El desconocido, impaciente, camina de un lado a otro de la despensa. Unos dedos velludos asoman entre las tiras de las sandalias. No puedo apartar la vista de ellos, fascinada por el asco, estremeciéndome a causa de un mal agüero. Imagino que una fiera, erguida sobre sus patas traseras, merodea olfateando mi escondrijo. Sintiéndome acechada, contengo la respiración. De pronto, precedido por un golpeteo apagado, llega otro par de pies calzados con botas de guerrero.

—¿Querías verme? —dice el recién llegado.

—Sí. Necesito hablar contigo —contesta la fiera, con una voz familiar que no consigo reconocer.

—Extraño lugar para una conversación. ¿A qué se debe tanto secreto? —pregunta el dueño de las botas.

—Eres un hombre valiente y respetado entre los guerreros de la ciudad. Siempre te he tenido gran estima. Ahora quiero confiarte una misión peligrosa.

—¿Por qué no recurres a uno de tus secuaces?

—Si así lo hiciera y mi hombre fracasa, brillará como la luz del día que yo di la orden. Mi inocencia debe quedar a salvo.

Las botas del guerrero retroceden.

—¿Se trata de cometer un crimen? —murmura.

—¿Un crimen? No, amigo mío. ¿Qué se puede reprochar al hombre que mata a un perro rabioso por el bien de todos? —dice la fiera.

—Háblame sin enigmas.

—Quiero que acabes con Eneas el troyano. Elisa planea convertirle en rey de Cartago. Si permitimos que ascienda al trono, correrá la sangre. Al eliminar esa amenaza, salvarás vidas y librarás a la ciudad de terribles males.

Durante un instante reina el silencio. Y entonces, con una llamarada de pánico, veo a Yulo entrar en la despensa, los pasos livianos y los ojos muy abiertos, vivaz como un perro cazador. Barruntando la presencia de extraños, obedece las reglas pactadas y se oculta tras una hilera de tinajas selladas que contienen vino de uva, de granada y de dátil. La conversación continúa. Me muerdo los labios esforzándome en reprimir el temblor que recorre mis piernas.

—¿Cómo quieres que muera el extranjero?

—Urde tú mismo el plan. Si no conozco los pormenores, difícilmente me delataré. Pero actúa pronto. Que la tierra se tiña con la sangre del troyano.

Yulo abandona sigilosamente la protección de las grandes tinajas. Buscándome entre los bultos de provisiones, ignorante del peligro, se acerca a un gran buey despellejado que cuelga de un gancho, oscurecido por el revoloteo de una nube de moscas. Varias gotas de sangre tiemblan en las entrañas del buey antes de salpicar la cara de Yulo, que sonríe y levanta las manitas en el aire bajo la suave llovizna roja. Desde el interior de mi vasija, le hago agónicas e inútiles señales de silencio. Lagrimones de sudor me corren por la cara.

—¿Qué ganaré yo? —pregunta el guerrero.

—Te pagaré, con generosidad y por adelantado, en oro y opulentas piezas de marfil. Y ganarás mi gratitud. Está en mi mano elevarte a puestos de mando en los ejércitos.

Observo con terror que Yulo sigue absorto en su juego. Levanta la cabeza por un instante. Infla los carrillos y reanuda mi búsqueda entre las cestas de nueces, de granadas, de higos secos, de huevos de avestruz, de coriandro y comino negro para sazonar. Con pasos silenciosos se asoma a los rincones de oscuridad entre los recipientes de guisantes secos y lentejas. Los tenues roces de su túnica resuenan con estrépito de truenos en el fondo de mi estómago.

—Si he entendido bien, no tengo elección —mascula el guerrero.

—He ordenado asesinar a hombres mucho más poderosos que tú. No dudaría en aplastarte como un gusano —alardea la fiera.

—¿La muerte de Elibaal el Arco fue obra tuya?

—No descansaré hasta ocupar el trono de Cartago. He apartado de mi camino a quienes se interponían.

Yulo hunde la mano en un ánfora llena de miel y empieza a lamerla a suaves lengüetazos. Siento que el cuerpo me pesa como una esponja empapada en agua, tengo el pecho

oprimido por el miedo. Desesperada por la temeraria inocencia de Yulo, adivino con terror que la fiera que nos acecha no es otro que Escudo. Ahora comprendo la cosecha de
extrañas muertes, la mies de hombres segados en nuestras tierras durante las últimas lunas.

—¿Qué cantidad de oro y marfil recibiré? —pregunta el
guerrero.

—Sabía que podía confiar en ti, eres un valiente de pura
cepa. No te preocupes, llegaremos a un acuerdo. Soy generoso con mis servidores.

De pronto, mis peores temores se cumplen. Yulo tropieza y vuelca un cesto rebosante de caracoles de mar alma-
cenados para fabricar tinte púrpura e índigo. Los moluscos
se desparraman ruidosamente por el suelo. El sonido muere
en un súbito silencio, como el que sigue al brusco cesar de
una tormenta.

—¿Qué ha sido eso? —grita Escudo y sus pies poblados
de vello giran apuntando hacia Yulo.

Los dos conspiradores se abalanzan sobre él. Escudo lo
aferra del brazo. Puedo ver cómo sus sucias uñas penetran
en la piel delicada. Yulo se retuerce.

—Es el niño troyano. ¿Qué hacemos con él?

El corazón me late en la boca. Debo salir de mi escondrijo en ayuda de Yulo. Sin embargo, no veo posibilidad de
escapar a los puños enormes de los dos hombres. Los dientes me castañetean. Cuando me incorporo, noto la orina caliente correr por mis piernas y encharcarse en el fondo de la
tinaja. Mis pies resbalan y caigo, empapándome en mi propio pis. Lloro de miedo y humillación.

—No es más que un crío. Ni siquiera entiende nuestra lengua —dice el guerrero agachándose sobre él. Yulo gimotea igual que un cabritillo asustado.

—¿Está sangrando? —pregunta al ver los rojos regueros que surcan su cara.

—Merece un escarmiento —dice Escudo.

Inesperadamente, los sollozos de Yulo quedan ahogados por un prolongado relincho, un grito de pánico casi humano. Un fogonazo blanco cruza ante el tragaluz.

—El caballo de la reina ha vuelto a escapar. Estos días parece enloquecido por alguna extraña fiebre. Es mi deber atraparlo y devolverlo a los establos —dice el guerrero, empujando a Yulo a un rincón, mientras hace ademán de salir.

Escudo se interpone en su camino.

—¿Queda sellado nuestro pacto?

—Queda sellado. No te defraudaré.

Un momento después, ambos abandonan la despensa. Sus pisadas se alejan de nosotros. Mojada, apestosa y exhausta, escucho retumbar los cascos del caballo que corre despavorido, como galopando sobre las cenizas de nuestro mundo.

Yulo rompe a llorar. Poco a poco, sus lágrimas se tiñen de sangre.

VI. Si algún poder tiene mi canto

Virgilio

Los vasos de vino mezclado con resina que ha bebido no le han transportado a los territorios del olvido, solamente le han provocado ardor de estómago. Paga su cuenta abriéndose hueco entre dos hombres con aspecto de especuladores que murmuran acodados en el mostrador. Cuando abandona la taberna, el viejo de barba blanca se levanta, sacude su túnica y lo mira. Está claro que irá tras él sin perder su rastro, como un lebrel de caza.

Deambula por callejuelas sinuosas, vacío de pensamientos, aturdido por el malestar en su estómago. Su mirada se detiene sucesivamente en un perro vagabundo que husmea entre las inmundicias derramadas en el arroyo, en la gallina coja que merodea picoteando en el polvo, en el alfarero que hace girar el torno y con sus manos moldea el vientre ondulante de un cántaro, en el esclavo que se alimenta de los restos del plato de sus amos chupando un pez medio comido y una salsa fría, en la mujer que barre el empedrado frente a su puerta como dictan las ordenanzas de limpieza. Al pasar ante una lavandería de lanas, mea en una tinaja desportillada. Los tintoreros colocan a la puerta de sus tiendas grandes vasijas para que los viandantes las llenen de la orina con la cual se blanquea la ropa y, por eso, el olor agrio y nauseabundo de los orinales callejeros se ha extendido por toda la ciudad.

Avanza la tarde y las gentes de Roma se encaminan hacia las termas. Lo razonable sería regresar a la seguridad de su casa en el Esquilino e intentar dictar algunos versos antes de que decline el día, pero una vez más desiste, dejándose llevar por la muchedumbre que acude a bañarse. Se siente sudoroso, sucio, necesita que el agua borre el hedor de su cuerpo. Además, durante el recorrido por la sala de vapor y los baños calientes, templados y fríos, entre el gentío y las zambullidas, quizá podrá engañar a su perseguidor. Dirige sus pasos hacia el Campo de Marte aplazando, otra vez más, el momento de escribir.

Vuelve la cabeza. El anciano de la barba le sigue a una cierta distancia. Por un instante le parece que esta persecución está sucediendo en un sueño, uno de esos sueños en los que no se puede atrapar a quien huye, ni el fugitivo consigue escapar, y todo se prolonga, sin resultado ni razón de ser, pura duración y angustia para el que duerme.

A medida que se aproxima al edificio de las termas, le asaltan enjambres de mendigos, curanderos y adivinos. Los buhoneros pregonan a voz en grito sus mercancías mientras los quiromantes intentan aferrarle la mano para leerle la buenaventura. A escasos pasos de las puertas, se detiene para buscar en su bolsa el cuarto de as que pagará por la entrada y algunas monedas para entregar al esclavo que vigila las pertenencias depositadas en los vestuarios. Desde el exterior llega a sus oídos el alboroto de la gente que hace ejercicio, los gritos ante el robo de ropas, las palmadas de los masajistas y la algarabía de los vendedores de embutidos y dulces.

Al levantar la cabeza, repara en un joven aspirante a escritor que recita sus versos ante la aglomeración congregada en torno a los baños. Siente una oleada de compasión al ver el gesto grandilocuente del joven mientras declama su poema ante la indiferencia que le circunda. En Roma, abundan cada vez más estos aprendices que, al carecer de dinero para alquilar una sala y organizar una lectura pública, intentan atraer la curiosidad de los paseantes en la vía pública, mendigando un instante de atención.

De pronto, el joven advierte su presencia y exclama en voz alta:

—¿Qué ven mis ojos? Es el gran Publio Virgilio Marón, maestro de poetas y cima de nuestras letras.

Una multitud de rostros se vuelve hacia él, expectantes. Numerosos dedos apuntan en su dirección, escucha murmullos en los cuales cree reconocer su nombre, un anciano rompe a aplaudir intempestivamente. Abrumado, renuncia al baño y decide huir. En su timidez, siempre ha pensado que resulta decepcionante para sus admiradores. Tiene un aspecto demasiado torpe y desgarbado, viste con desaliño, sus manos son grandes como las de un campesino y en lugar de ser elocuente, balbucea siempre que debe hablar en público. Nunca acude a su boca una de esas frases ocurrentes que anhelan los lectores. Ante sus seguidores, se siente desmañado como un niño pequeño al que sus padres vigilan, como alguien que está a punto de ser acusado de una falta y empieza a preparar sus justificaciones.

El joven poeta le alcanza, corriendo tras él.

—Mis saludos, Publio. Es un honor conversar contigo. Mi nombre es Tilio. Como habrás podido ver, soy hombre de letras.

—Difícil oficio. Te deseo suerte —murmura él. Intenta apartarse de su lado apretando el paso o deteniéndose, pero todas sus artimañas son inútiles. Está claro que Tilio no lo dejará marchar fácilmente.

Mientras caminan por la vía Sacra, el joven aspirante habla sin freno, alabando los barrios de Roma, sus templos, teatros y estatuas con elogios entreverados de mediocres versos. A él le fatiga tanto parloteo y apenas contesta. El repulsivo olor de su propio cuerpo le parece ahora todavía más penetrante. Intenta zafarse del inoportuno:

—No quiero que te desvíes, Tilio. Me dirijo a visitar a un amigo que guarda cama en Trastévere, lejos, junto a los jardines de César.

—Te acompañaré. No tengo obligaciones urgentes ni me da pereza.

Como resultado de su mentira, les espera una larga caminata hasta el otro lado del Tíber. Tilio respira hondo y dice:

—Publio, ¿no querrías presentarme a Mecenas? Nadie escribe versos más rápido que yo, y hasta los oradores del Foro envidian mi forma de declamar.

—Si confías en tus poemas, házselos llegar tú mismo a Mecenas. Sólo el talento puede abrirte las puertas de su círculo.

—Publio, no me niegues este favor. Sé que tú le presentaste al poeta Horacio cuando todavía era un desconocido, y ahora los dos son amigos del alma. Sin tu ayuda no podré llegar hasta él. No tengo dinero para corromper a los esclavos de su casa y conseguir así un encuentro.

A él no le sorprende saber que hay quien recurre al soborno para lograr una entrevista con Mecenas. En la ciudad nadie ignora que es uno de los más poderosos consejeros de Augusto y el encargado de reclutar a los escritores del círculo imperial.

—La amistad de Mecenas es un privilegio, tengo entendido que selecciona con gran cuidado a sus protegidos —afirma Tilio.

Se siente incapaz de hablar al joven sobre la extraña amalgama de amistad y severas imposiciones, regalos y directrices, deudas y espurios favores que preside el círculo literario.

—Nos concedes excesiva importancia. Sólo somos un grupo de poetas que se reúne para conversar sobre sus bagatelas.

—Si yo pudiera permitirme una gran casa con una hermosa habitación destinada a lecturas públicas, invitaría a la gente importante a escucharme y luego sería invitado a sus recitaciones. Entonces, estoy seguro, cosecharía aplausos.

Él podría explicarle que el ronroneo de las lecturas públicas está lejos de ser un placer, que son largas sesiones durante las cuales se leen fragmentos interminables de obras sin publicar, aplaudidas por un auditorio de amigos deseosos de complacer y de colegas a la espera de reciprocidad. Pero Tilio le recuerda mucho a esos autores que, llegada la gran ocasión, se alisan el cabello, visten toga nueva, se llenan los dedos de sortijas y salen al estrado ansiosos de seducir con las modulaciones de su voz, los gestos de las manos y el fuego de sus miradas, mientras vigilan de reojo el reparto de los programas, los cuerpos de las esclavas y los bostezos ahogados de los asistentes.

—Haré lo posible por conseguirte una invitación para la próxima lectura que se celebre —promete.

—Mil gracias, Publio, eres generoso.

Más allá del templo de Vesta le parece reconocer a Horacio en la distancia y le hace señas con la esperanza de desembarazarse por fin de Tilio.

—Salud, amigo Horacio. ¿Adónde vas?

—Ya sabes que me gusta disfrutar de los goces del paseante indolente.

—Por cierto, Horacio, tengo entendido que querías hablar conmigo en secreto —dice, haciéndole guiños y señas con la cabeza.

Horacio sonríe, jovial. Adivina la súplica, pero parece divertirle el atolladero en que ha caído su tímido compañero.

—Sí, es cierto, hace tiempo que deseo conversar contigo. Pero habremos de esperar a mejor ocasión, hoy es el trigésimo sábado del año.

—La ocasión es inmejorable. No soy supersticioso.

—Pero yo sí. Uno es débil. Además, observo que estás terriblemente ocupado con un discípulo más que prometedor.

Lejos de mí interrumpir a las Musas que os alumbran —dice, esbozando una de sus irresistibles sonrisas.

Abandonado a su suerte, lo observa marchar. Bromista y seductor, Horacio tiene justo los talentos que a él le faltan. Tantas veces ha deseado poseer siquiera algún destello de su humor, de su habilidad para agradar, de su maestría para las ambigüedades y las evasivas tan útiles en el trato con los poderosos.

—Un hombre como hay pocos —dice el joven.

—Tilio, déjame hacerte una pregunta. ¿Por qué tanto empeño en dedicarte a las letras?

—Es un oficio admirado por todos. ¿Oíste hablar del anciano de Gades, en Hispania?

—No.

—La historia te divertirá. El anciano del que te hablo vino a pie desde su ciudad natal hasta Roma, viajando durante meses de posada en posada por el polvo de los caminos, porque soñaba con ver al escritor Tito Livio, del que conocía de memoria toda la obra. Atravesó mesetas, bosques y cordilleras, sufrió ataques de bandoleros y posaderos sin escrúpulos, se curtió con las noches y los vientos. Mientras caminaba, recitaba los pasajes de su admirado historiador. Llegó finalmente a Roma, lo vio, lo saludó y, sin siquiera dar un paso para contemplar el esplendor de la Urbe, volvió a su hogar. Poco tiempo más tarde, murió.

Asombrado por la anécdota, se pregunta si el anciano de barba blanca que sigue sus pasos podría ser después de todo un inofensivo admirador llegado de provincias para verlo y tocarlo, como hizo el viajero gaditano por Livio. Con una mirada rápida a su espalda, comprueba que el perseguidor mantiene el acecho sin descanso.

—¿Deseas admiración? —pregunta a Tilio.

—No lo niego, me gustaría disfrutar de la dulzura de la fama.

Una profunda tristeza le embarga. ¿Por qué no pueden servir hombres como Tilio a los fines de Augusto? Tilio no dudaría en aceptar encargos de naturaleza adulatoria y realizarlos con entusiasmo. ¿Por qué ha tenido que recaer en él, que tanto sufre, que se tortura por haberse vendido, que se siente abrumado por la enorme responsabilidad?

—Quisiera llegar a ser un gran poeta como tú —continúa el joven—. Se dice que estás componiendo un poema que será más grande que la Ilíada.

Cansado de tanta palabrería y elogios interesados, él contesta agriamente:

—Pero ¿qué crees, muchacho? El oficio de escribir arrastra pesadas cadenas. Yo sólo soy un sirviente bien alimentado, un esclavo al servicio de Augusto para adornar su linaje y ligarlo a las hazañas de antiguos héroes. Se me han concedido ciertas comodidades mientras cumplo mi cometido, pero carezco de libertad y me carcomen la vergüenza y el miedo.

Brusco, como son a veces los hombres tímidos, se aleja de Tilio sin más contemplaciones. Mientras atardece en las aguas del Tíber, él desearía con todas sus fuerzas abandonar Roma, navegar a través de los mares y los siglos hasta las costas africanas, y una vez allí, anudar en torno a Elisa y Eneas un hilo que ni el más afilado de los aceros pudiera cortar.

VII. Asedio

Ana

Al amanecer, le he dicho, acude a la morada de Eshmún, en el templo que domina la ciudad desde lo alto de la colina. Nos aguarda una revelación. Es plenilunio, el momento propicio para los oráculos. No te demores. La noticia es importante y la tardanza tiene un precio.

Cuando aún no ha despuntado el alba, cuando todo lo envuelve la noche con la negrura de sus alas, llego a la colina sagrada. He abandonado sigilosamente el palacio, he corrido por las oscuras calles lo más rápido que permiten mis piernas flacas, he seguido el sendero que conduce al templo entre cipreses altivos igual que mástiles de una flota a punto de partir, he subido a grandes zancadas la escalinata, he atravesado el pórtico y, con el corazón desbocado, he entrado en la gran sala.

Los servidores del templo, aún dormidos en camastros, mantienen encendidas algunas teas, nunca debe haber tinieblas en la casa del dios. Me apodero de una antorcha, sacándola de la anilla de metal que la sujeta al muro. La llama lanza violentas sombras entre las columnas moradas, entre las granadas y ramas de vid que las adornan.

He traído conmigo, oculto en el ceñidor de mi túnica, un filtro preparado con hierbas mágicas. Mi madre me enseñó a distinguir los tallos de cáñamo, las flores del beleño negro, las raíces de mandrágora, los brotes silvestres de la hierba mora, los arbustos de belladona, las semillas de adormidera. Con sus hojas sé preparar ungüentos, bebedizos y sahumerios, después de haberme lavado las manos siete veces y de haber invocado siete veces a la diosa cuyo nombre no se pronuncia, la Señora de la Noche Tenebrosa. Conozco bien los efectos de cada una de esas drogas y su poder para calmar el dolor, alejar los pensamientos tristes y desencadenar el trance adivinatorio. Sí, mi madre me susurró al oído todos los secretos mágicos que no se pueden decir en voz alta. Hoy utilizaré una droga suave, que adormece el miedo, debilita las inquietudes como lazos que se aflojan y ayuda a recibir ensueños. Al aspirarla, yo encontraré las palabras justas y él se abrirá a la revelación.

Tomo los vasos de aromas del templo y hago arder en su interior mis inciensos mágicos. La sala se inunda de perfumes, brillos y suaves columnas de humo. Coloco sobre la mesa del altar una lámpara que arde en el hueco de una concha y junto a ella espero de pie, siguiendo con los ojos las espirales azuladas nacidas de mis hechizos.

El miedo se agita en mi interior como la peonza que un niño hace girar sin descanso. En este oráculo de los dioses, del que yo seré mensajera, anida toda mi esperanza. Es nuestra ocasión de zarpar lejos de la guerra y de su siembra de cadáveres, la oportunidad de marchar juntos para no volver a separarnos jamás. El corazón casi se me quiebra cuando siento un ruido apresurado, acaso el viento, o unos pasos.

Es él. Ha venido. Hay tiempo de salvarnos. Aspiro el aire perfumado hasta lo más hondo del pecho.

—Aquí estoy, Ana, como me pediste —dice.

—Escucha las palabras que se van a pronunciar. Grábalas en tu corazón —contesto.

Después callo, clavando la mirada en las luces remotas. Quiero dejar tiempo para que él inhale los rizos de humo que le envuelven.

—¿Qué te sucede, pequeña? ¿Estás bien?

—Eneas, los guerreros de la ciudad traman tu muerte. Malco el Escudo, que desea reinar, ha prometido una recompensa de oro y marfil a un soldado si te envía a la noche de la tumba. El ataque mortal puede suceder en cualquier momento, en cualquier lugar.

Entre nuestras miradas cruza un relámpago helado.

—¿Es cierto lo que dices? —pregunta.

—Debes partir enseguida. Cartago es un lugar maldito. Recuerda tu reino futuro…

Los músculos de su mandíbula se tensan.

—La ambición de nuestros hombres y la crueldad de Yarbas aniquilarán Cartago. Los hados de la guerra llaman a derramar nuevas lágrimas. En los hornos de la ciudad ya no se cuece pan, sólo se forjan armas. Las fuerzas enemigas se acercan, están a las puertas. El cielo se cubrirá de flechas tan numerosas como copos de nieve. El futuro peligra aquí. Márchate, Eneas.

Sus ojos se agrandan, su mirada se ensombrece. Le sacude un temblor.

Empieza a apoderarse de mí un agradable aturdimiento. Quizá he hecho arder una dosis excesiva de mis drogas. ¿Cómo hablarle ahora de mis ansias de partir con él en sus naves cóncavas, cómo pedirle que persuada a Elisa para zarpar en busca de tierras nuevas bajo otro sol? El pudor me inunda y me avergüenza contarle mis deseos. Mi cabeza es un vértigo, un torbellino, las ideas se agitan dentro de mí. Hay una forma, su secreto…

—Eneas, tú eres el hijo de la diosa del Amor y de la Vida, no lo olvides. No se debe abandonar a una mujer, sola a su suerte, cuando el loco afán de matar sacude a los hombres. El arrepentimiento es terrible.

La luz parpadea, asustada, sobre su rostro pálido. Sus rasgos se disuelven en la oscuridad, sólo veo claramente el brillo de sus ojos enfebrecidos. La droga se está adueñando de mí, tengo que apresurarme. Ya no pienso con claridad.

—Estás en deuda —prosigo. Quiero añadir que Elisa le salvó la vida tras el naufragio y que yo se la estoy salvando ahora. Las palabras saltan a mi boca, deseosa de hablar, pero no avanzan más en mi voz.

—Es verdad, es verdad —murmura.

—Aleja a Yulo de la locura del combate. Ningún niño debería crecer allí donde la guerra siembra la destrucción —digo.

Ante mis ojos, su cuerpo se desvanece, sumergido en la sombra, y vuelve a emerger. Veo redes de fuego arremolinándose a mi alrededor, hilos brillantes penetran en mi piel.

Hago un último esfuerzo, antes de que mi lengua se vuelva espesa, por expresar mi ruego de zarpar juntos, juntos:

—Lleva contigo a través de las olas a quienes confían en ti, a quienes esperan de ti la salvación.

Lo último que veo con claridad son sus manos, colocadas sobre el altar.

—Reconozco el mensaje de los dioses —susurra.

De pronto, los vapores blancos que suben hacia el techo toman forma humana y me rodean. Brotan rostros del humo, flotan amenazadores. Son espectros que me persiguen, intentando abrazarse a mí. Corro despavorida hacia la cámara secreta del dios, fuera de la vista de Eneas. Allí, en la estancia sagrada al final de la escalera de bronce, tras la puerta de marfil, dejaré de aspirar la droga y las horribles visiones me abandonarán. Entro y me derrumbo. Respiro tendida en el suelo. Mis ojos, cálidos y pesados, se cierran. Caigo suavemente en los abismos del sueño.

Eneas

Traman mi muerte.

Entre las columnas del templo vacío retumban los ecos de las palabras terribles, borbotones de sonido que se expanden como un río que inunda gradualmente el valle que lo alberga.

Quieren que la tierra beba mi sangre.

Ana clava su mirada inmóvil en mí. La niña parece haber salido de sí misma para que su cuerpo sea ocupado por otro.

A veces se tensa y sacude la cabeza, pero una fuerza misteriosa la domina. El dios está aquí y habla por su boca.

—Eneas, tú eres hijo de la diosa del Amor y de la Vida, no lo olvides— dice la voz retumbante. Tengo la impresión de que se dirige a mí desde muy lejos, saliendo de la oscuridad.

En mis plegarias, pedí a los dioses una señal, y la señal ha llegado. Ningún mortal conoce el misterio de mi nacimiento. Quedo petrificado. Se me eriza el cabello. Mi padre decía la verdad. Una diosa me dio a luz y ahora los inmortales me vigilan, me protegen.

—No se debe abandonar a una mujer, sola a su suerte, cuando el loco afán de matar domina a los hombres. El arrepentimiento es terrible.

Un frío espantoso me hiela el corazón. Recuerdo a Creúsa durante la noche del saqueo de Troya. Cierro los ojos ante esa visión. ¿Cómo pude perderla? Murió sin que una mano piadosa extendiese un sudario sobre sus restos. La imagino flotando en las negras aguas de la muerte, la cara doliente, magullada, las uñas rotas, las ropas pudriéndose sobre su cuerpo, arrastrada por una helada corriente hacia las extensiones sin fin del más allá.

—Estás en deuda —la voz del dios suena como el silbido del viento.

—Es verdad, es verdad —musito.

Me roen los remordimientos con sus dientes afilados, chirriantes. Sigo en deuda con los supervivientes de Troya. Les prometí salvarles del abismo de nuestras desgracias, les prometí fundar una nueva ciudad para ellos. Mis hombres nunca desearon permanecer en Cartago. Debo hacerme a la mar y poner rumbo a donde nos llama la profecía, siguiendo los vaivenes de mi destino, para terminar la tarea que los dioses me encomiendan. Cartago ha sido un azar, un desvío, un peligroso refugio.

—Aleja a Yulo de la locura del combate. Ningún niño debería crecer allí donde la guerra siembra la destrucción.

Quiero que Yulo crezca en una ciudad donde las puertas de la guerra permanezcan cerradas con sólidos cerrojos de hierro. Continuaremos la navegación por lo desconocido hasta arribar a un lugar en el que la nueva vida sea posible. Allí el combate no volverá a sembrar su semilla de terror. Allí protegeremos la paz con la sabiduría de las leyes. De la vieja Troya sólo quedan cenizas y escombros que no volverán a erguirse. El pasado es un buey dócil que da vueltas a la piedra del molino, triturando el grano de nuestras esperanzas. El futuro sólo germinará como una cosecha en tierra nueva.

—Lleva contigo a través de las olas a quienes confían en ti, a quienes esperan de ti la salvación.

—Reconozco el mensaje de los dioses —respondo.

Me aproximo al altar y poso mis manos sobre él. De los vasos de incienso brotan vaharadas que me aturden. Rezo envuelto en los resplandecientes vapores. Cuando termino mis oraciones, Ana ha desaparecido misteriosamente y me descubro, de pronto, solo en el templo. La pequeña luz que ardía sobre una concha se ha extinguido.

Sobrecogido por la emoción, camino hacia las puertas. ¿Cuánto tiempo ha transcurrido desde mi llegada? Entonces todo estaba sumido en la noche bajo la luna llena que marca el tiempo de los augurios, y ahora, en cambio, inunda el cielo la luz azafranada de la aurora, que nos devuelve a nuestros trabajos y fatigas. Con los ojos entrecerrados por el resplandor, contemplo desde el umbral de marfil la explanada de la colina.

¿Dónde está Yulo? Me acompañó en las horas negras de la madrugada y debía esperarme aquí, sentado entre las columnas del pórtico.

—¡Yulo! ¡Yulo! —grito. Únicamente me responde un ladrido de perros que se extingue.

En un extraño círculo de tiempo, viene a mi memoria la angustiosa búsqueda tras el naufragio. Mientras recorro el laberinto de columnas y escalinatas, crece en mí la certeza de que Cartago es territorio hostil para nosotros. ¿Con qué esperanza creí que podríamos vivir entre gente enemiga?

Los cipreses de la colina sisean, esbeltos, negros. Me adentro entre las sombras de la arboleda, pisando la pinaza crujiente. Otra vez, el miedo.

—Yulo, ¿estás ahí?

El frío del alba me hace temblar. ¿Habría alguien capaz de robar a un niño dentro del recinto sagrado? El dios ha sido certero en sus palabras: sobre este lugar pesa una maldición.

—¡Yulo!

—¿Papá? —me contesta por fin el cascabel de su voz.

Lo encuentro sentado al pie de un pino, jugando con pequeños pedazos de madera.

—¡Mira lo que he construido! —dice, extendiendo un trozo de corteza donde ha clavado unas ramitas, como un barco presto a extender sus velas y partir.

La señal se confirma.

Me agacho para acariciar su pelo y hablarle al oído, casi en un susurro.

—Yulo, ahora tú y yo iremos en busca de los hombres y, después, al puerto. Hay que preparar los aparejos y aprestar la flota. Si te portas bien, cuando zarpemos podrás sentarte en el banco con Palinuro, el piloto, y ayudarle a llevar el timón.

—¿Ana podrá también pilotar conmigo? Puedo enseñarle —pregunta.

—Ana no querrá partir con nosotros. Ésta es su casa. No podemos separarla de los suyos.

Yulo me mira con expresión de enfado, extendiendo el labio inferior hacia fuera. Tengo que tirarle del manto para que se levante y llevarle agarrado de la mano. Avanza por el sendero de guijarros azules dando traspiés, sosteniendo su nave de juguete.

—Ana. Ana. Este barquito era para ella —repite en un murmullo quejumbroso. Sus ojos están empañados.

Me pregunto qué estará haciendo Elisa en este instante. ¿Dormirá todavía, con su larga melena cubriéndole el rostro como un ala protectora? ¿O habrá descubierto ya mi ausencia?

Eros

Ningún dios, ni siquiera el más pérfido y saboteador, podría crear un malentendido de esta envergadura. Debo evitar que Eneas zarpe. A pesar de mis esfuerzos y mi experiencia infinita, los humanos siguen burlándome, rebelándose, desbaratando mis planes, encontrando escapatorias. No alcanzo a descifrar el enigma de las desmesuradas esperanzas que colocan en mí y, al mismo tiempo, su afán por eludirme.

Alertado por el súbito giro de la situación, surco el aire, resbalando en las corrientes de la mañana ventosa, para llegar junto a Elisa. La encuentro en el baluarte de la muralla junto a un grupo de guerreros. Todos contemplan, absortos en el rojo horizonte, el despliegue de las tropas de Yarbas alrededor de la ciudad.

—Al amanecer avistamos por primera vez una lejana nube de polvo —dice el centinela—. Creímos que era un torbellino de arena pero después, al ver que permanecía uniforme y no cesaba de aproximarse a nuestros muros, comprendimos lo que ocurría.

Elisa observa las oleadas de hombres que galopan en caballos sin bridas, vestidos con túnicas de pelo de dromedario, poderosamente armados. Después mira las acémilas que acarrean grano y odres de agua.

—Planean asediar la ciudad —afirma—. ¡Ignorantes! No saben que podemos aprovisionarnos por mar. Desafían con sus primitivas armas a nuestras tropas adiestradas en las artes del combate.

—¿Qué ordenas, reina?

—Asegurad las puertas. Cuando se aproximen para zapar o escalar la muralla, arrojad sobre ellos un diluvio de piedras, teas ardiendo, estacas afiladas y dardos.

Entre las dunas de la llanura, Elisa vislumbra el campamento enemigo, donde empiezan a alzarse, alineados en filas, los primeros pabellones de tela. Yo tomo en mi mano su barbilla y traslado su mirada desde los estandartes de guerra a los mástiles del puerto, allí donde los hombres de Eneas se apresuran a embrear las naves para poder emprender la navegación. La sospecha atraviesa su mente con la rapidez de un relámpago. Una luz febril asoma a sus ojos.

—Tenedme al corriente de cuanto suceda —ordena a sus guerreros.

Abandona precipitadamente el baluarte. Ciega, enfebrecida, recorre las calles que conducen al puerto. Mis manos la sostienen, casi en volandas, apresurando su paso. Confío en que ella conseguirá detener la fuga de los troyanos.

Encontramos a Eneas dirigiendo los trabajos en silencio, envuelto en su capa, sin participar del regocijo de los demás, ni siquiera con una sonrisa. Alumbro una rendija de esperanza. Este encuentro en el puerto es la encrucijada de todos nuestros anhelos.

Eneas descubre con sobresalto la llegada de Elisa. Al verla llegar, los hombres que se afanaban entre los pertrechos, las velas y el cordaje, trepan por los costados del navío, dejando solos, frente a frente, a los amantes. Quebrando la soledad del encuentro, descubro la figura extrañamente familiar de un hombre de tez morena y gran estatura que les mira desde el borde mismo del muelle, a unos pasos del mar, con ojos de triste intensidad.

—¿Te marchas sin decir palabra? —pregunta Elisa, con la garganta oprimida.

Eneas permanece en silencio.

—Aparejas la flota en invierno, entre el bramido de los vientos —prosigue Elisa, exagerando con fines dramáticos y expresivos la fuerza de la brisa—. ¿Huyes de mí? Por favor, por nuestra unión, por tu lealtad, si me has querido, si alguna dulzura encontraste en mí, atiende, cambia de idea, te lo suplico.

Eneas la mira con ojos inmóviles.

—Siempre te estaré agradecido, has sido generosa conmigo. Pero sabes bien que nunca te prometí nada ni puedes decir que te haya hablado con lengua mentirosa.

—¿Cómo eres capaz de hablarme así? —dice Elisa, perpleja—. Por ti me he expuesto al odio de los libios y de los nómadas, por ti me he enfrentado con mis hombres.

El extraño de mirada espectral se acerca unos pasos hacia ellos. Se apodera de mí la insólita impresión de que percibe mi presencia, casi podría jurar que en algún momento ha posado sus ojos tristes en los míos, buscando apoyo. Incapaz todavía de reconocer ese rostro suplicante, me siento descubierto, desprovisto de mi envoltura invisible. Sin embargo, los amantes siguen completamente ajenos a nosotros, espectadores privilegiados de su dolor.

—Desde el principio te advertí que obedezco a una profecía —responde Eneas—. Dudé… pero hoy, al rayar el alba, he recibido un mensaje divino, un mandato del cielo. Los oráculos me ordenan partir hacia Italia.

—¿De nuevo Italia? ¿Otra vez esa leyenda? ¿Por qué abandonas una ciudad ya construida para buscar una ciudad que está por hacer?

El hombre de tez morena y ojos dolientes empieza a caminar alrededor de ellos, como un mago que, al conjuro de su danza, estrechase el círculo para aproximarles uno a otro.

Por Orfeo, que se internó en el reino de ultratumba para rescatar a su esposa muerta, la presencia del extraño me parece llegada de otro mundo, irreal y a destiempo.

—Cartago no es mi destino, el dios me ordena marchar. No te tortures ni me atormentes. Me voy, pero no por mi gusto.

—Así que has recibido un oráculo, heraldo de la voluntad divina —dice Elisa, incrédula—. Cada uno llama dioses a sus propios deseos.

Las réplicas se suceden a una velocidad tan vertiginosa que no tengo tiempo de tramar algún ardid que los reconcilie. Las discusiones de los humanos me recuerdan siempre a la Hidra de Lerna, el monstruo al que brotaban varias cabezas cada vez que Hércules segaba uno de sus nueve pescuezos. No es fácil resolver este conflicto. Eneas, bajo la impresión del oráculo, lo interpreta todo en términos épicos: el desgarro entre la voluntad y el deseo, entre el orden del mundo y las necesidades interiores, entre lo divino inextricable y los secretos sentimientos. Elisa, en cambio, sospecha que la profecía sagrada es un mero pretexto para ennoblecer un abandono debido al hastío, a la indiferencia, a la juventud de Eneas y sus ansias de surcar los mares en libertad.

—Concédeme al menos un breve respiro, no zarpes todavía —ruega Elisa después de una pausa de silencio—. Te pido tan sólo un poco más de tiempo, Eneas, una tregua para mi dolor, hasta que aprenda a soportar la idea de tu marcha.

—No te engañes. De nada serviría.

Repentinamente, mi memoria eterna recuerda el nombre del poeta de ojos dulces y melancólicos que contempla la escena moviéndose en torno a Elisa y Eneas con la órbita afligida de sus pasos. Desde los siglos venideros, Virgilio se ha asomado a esta historia.

—Si al menos me dejases un fruto de tu amor —continúa Elisa, abrazándose el vientre y meciendo su cuerpo, ausente la mirada—. Si viese jugar en palacio a un pequeñuelo Eneas, que se pareciese a ti, en el rostro al menos, no lloraría así tu partida.

—Elisa, no puedo elegir. Los hados no me permiten vivir mi vida. Debo encontrar un territorio para los troyanos en otras playas.

—Te recogí cuando eras un náufrago, salvé tus naves, salvé a tus hombres de la muerte, te ofrecí parte de mi reino y un hogar seguro para tu hijo. ¿Y así muestras tu gratitud? ¿De nada sirven mis desvelos y cuidados, la hospitalidad de mis abrazos, el calor de mis caricias?

—Mi camino está trazado.

Los ojos de Elisa lo recorren de arriba a abajo con furia.

—Entonces no te retengo ni te ruego más. ¡Vete a Italia, en alas de los vientos! ¡Busca tus reinos entre las negras olas! Sólo pido a los dioses que mi nombre te atormente y que, cuando la helada muerte me lleve, veas en las tinieblas de la noche mi fantasma vengador.

—Llegué a estas costas huyendo de diez años de guerra, muerte y saqueo —explica Eneas con voz agitada—. Prometí a mis hombres construir una ciudad justa donde las leyes fueran más fuertes que las espadas. Por eso te advertí contra los vientos de sangre que azotan estas tierras, por eso te aconsejé ganar la amistad de los pueblos vecinos con embajadas y pacíficas caravanas de comerciantes. Pero tú y tus hombres habéis preferido la arrogancia de vuestras armas que creéis invencibles. Invocando a los dioses del combate, me enviaste a una expedición de saqueo y castigo. Aquí tienes la guerra deseada. Sois superiores, arrollaréis a los nómadas y os apoderaréis de sus pastos y de sus ríos, pero nosotros, derrotados en Troya, no albergamos en el corazón una audacia y una soberbia tan grandes. Yo ya he vivido todo esto. No es aquí donde quiero que crezca mi hijo.

—Apenas puedo creerlo, ni siquiera tienes una lágrima para mi dolor. Me voy. No quiero escuchar ni una palabra más de tu boca —afirma ella, aunque desea por encima de todo que él la llame, retrasando la separación. Pero ninguna voz pronuncia su nombre y Elisa deja el muelle pálida e inconsolable.

Oscilo entre el asombro y la frustración. Los humanos se aman entre sí de maneras tan imprevisibles… ¿Por qué a unos las dificultades los arrastran a obstinarse mientras que a otros los conducen al abandono? ¿Por qué el amor entre dos efímeros humanos nunca surge con idéntica intensidad? ¿Por qué uno percibe más claramente su profundo anhelo, mientras el otro flaquea en los desfallecimientos y las intermitencias de su propio corazón? Extraña paradoja de los mortales: el amor es una experiencia común pero rara vez simultánea, jamás reposa equilibrado el fiel de la balanza.

De espaldas a mí, Eneas, angustiado, mira el sol reflejándose sobre el agua en forma de discos de luz.

Con gesto derrotado, los ojos más tristes que nunca he visto, Virgilio se aleja caminando entre los hombres que preparan los remos y cargan los últimos víveres para la partida. Mientras regresa a la melancolía de los siglos, se escucha el retumbar lejano de los primeros tambores de guerra.

Ana

—¡Los barcos se hacen a la mar sin nosotras!

Hundo la cabeza entre las rodillas de Elisa. Ella me acaricia el pelo. Todavía siento el vértigo y los efluvios de las hierbas sagradas.

—Mi niña, apenas puedo creerlo yo misma, pero es así, nos abandonan. Aprende que todas nuestras esperanzas están tejidas con humo.

Tiemblo. La ola cálida del llanto asciende, tensándome la garganta.

—Le supliqué ante el altar del dios Eshmún que nos llevara lejos de esta ciudad. Casi puedo sentir el olor de la sangre en las calles. Le advertí del peligro, de la amenaza que se cierne sobre él… y zarpa sin mí.

—¿Peligro? Ana, ¿qué dices?

—Hay una maldición oscura dentro de estos muros. Todo está teñido de muerte. Alguien trama asesinarle… y hoy, al alba, se lo he revelado en el templo. Debí decírtelo a ti. Tú habrías sabido qué hacer.

Elisa me sujeta la cara entre las manos, mirándome con ojos repentinamente convertidos en hielo.

—Ana, respóndeme. ¿Quién planea el asesinato de Eneas?

—Escudo… era Malco el Escudo, ofreciendo oro y marfil a un guerrero, no vi su rostro, a cambio de matar a Eneas sin tardanza.

Apretándome contra ella, cerrando los puños, sollozo. Empiezan a brotar unas lágrimas que no puedo contener. El brusco dolor de la separación me inunda como una pleamar. Acaricio la tela de la túnica de Elisa y, al hacerlo, tropiezo con un bulto áspero y duro, disimulado bajo el tejido. Me pregunto qué está ocultando.

—¡Malco! ¿Estás segura de que era él?

—Dijo que lo hacía para casarse contigo. Dijo que ya había ordenado matar a otros hombres poderosos.

Levanto los ojos hacia ella y veo su mirada cerrada, su herida abierta. El dolor me cala los huesos, el abandono clava su aguijón como un insecto furioso. Imagino a Yulo gritando mi nombre cuando cae la noche y las olas se oscurecen. Lejos de él, el futuro parece cubrirse de tinieblas.

—¡Cuánto me he engañado! —exclama Elisa—. Malco el Escudo ha urdido todas esas muertes misteriosas. Pensar que él ha derramado tanta sangre por conseguirme, mientras Eneas me abandona, olvidando mi generosidad, olvidando estas manos que tanto acarició.

Tropiezo otra vez con el objeto escondido. Palpo su forma, lo recorro, tanteo. Presiento que se trata de algo importante, quiero saber qué es. Cuidadosamente, con sigilo, retiro la túnica. La tela descubre poco a poco la pierna desnuda de Elisa.

—Ojalá su flota nunca hubiera naufragado en mis costas —continúa Elisa, sin percibir mis cautelosos movimientos—.

Ojalá el dios nunca hubiera apuntado contra mí su arco de oro, hiriéndome con sus saetas. Ahora, tras la marcha de Eneas, todo se volverá noche desierta, plagada de lobos.

Ahogo un grito al ver lo que Elisa esconde. Sujeto a su muslo con una correa de cuero, descubro un puñal afilado. Me tiemblan los labios, atenazo los dedos.

El silencio alrededor de nosotras se quiebra de pronto. Se aproximan pasos, voces profundas susurran al otro lado de las puertas. Alguien busca a la reina a través de los laberínticos corredores de palacio. Por fin, entra en la sala el jefe de la guardia.

—Reina, traigo un mensaje del rey Yarbas. Reclama que le entregues el trono de Cartago convirtiéndote en su esposa. Esperará la respuesta hasta el ocaso del sol de este día que ahora galopa por los cielos. Si no consientes, amenaza con apoderarse a sangre y fuego de la ciudad.

Ahora vuelvo a tener miedo. Abrazo la cintura de Elisa, buscando y estrechando la única columna que queda en pie en medio de las ruinas.

Elisa

Hemos dejado atrás la seguridad de los muros de palacio. En nuestro camino, veo el viento que se llevará a Eneas danzando en suaves espirales de arena. Ante la puerta, ordeno a uno de los hombres de mi guardia anunciar nuestra llegada. Resuenan los fuertes aldabonazos y pronto acude un siervo.

—Dile a tu amo que la reina ha venido a honrar esta morada con su presencia.

Los portones se abren para permitirnos entrar. Seguida por los pasos resonantes de mis guardias y el silbido del aire, me adentro en la casa entre el apresuramiento de los esclavos encargados de mostrarme el camino. Avanzo con la sensación de caer por un abismo.

Malco el Escudo me está esperando en la sala principal.

—Bienvenida a mi humilde hogar, reina —dice—. Es la primera vez que me honras franqueando el umbral de mi puerta.

—Grandes sufrimientos se hubieran evitado si hubiera venido mucho antes, mi estimado Malco el Escudo —contesto.

Mis palabras suenan enigmáticas. Malco me mira debatiéndose entre la satisfacción y la incertidumbre. Impaciente, cruza la estancia de un extremo a otro. El eco de sus pisadas retumba en los muros.

—Dime en qué puedo servirte —responde.

—Imagino que ya habrán llegado a tus oídos las nuevas de la inminente partida de los troyanos, que están disponiendo sus naves para levar anclas cuanto antes —digo, intentando ganarme su confianza.

—Sí, me han informado de los innobles planes de huida que abriga el troyano Eneas.

Avanzo un paso hacia Malco. El sonido del viento se pierde en la lejanía. Ahora sólo escucho su voz resonando como un choque de espadas.

—Conocerás ya el ultimátum del rey Yarbas. Exige que acepte casarme con él bajo amenaza de arrasar la ciudad si le rechazo de nuevo.

—¡Bravuconerías! ¡Pura arrogancia y temeridad! —exclama Malco, sonriendo. Curtido por el sol, la arena y las constantes escaramuzas del desierto, rezuma confianza bélica.

—Desde que llegaron los troyanos, la ciudad se ha visto asolada por extrañas muertes, por malos augurios y por la violencia de las huestes de Yarbas, como si una invisible plaga envenenase nuestra tierra. Hemos de terminar con ella, es preciso extirpar la maldición que nos azota. Y para lograrlo, Cartago necesita un gran defensor, un baluarte para nuestra poderosa muralla.

Clavo los ojos en él, escudriñando el efecto de mis palabras. Una expresión de triunfo se dibuja en su rostro. En mi interior, todo se hunde en el silencio.

—Mi espada siempre ha estado al servicio de la ciudad para colmarte de gloria, mi reina —dice.

—La fuerza maligna de esta maldición ha ahuyentado a los troyanos. En estos momentos de zozobra, debo tomar las riendas y necesito más que nunca un protector leal —continúo.

—Dar a Cartago un rey de temple guerrero y fuerte sería una sabia decisión —susurra. Sus labios tiemblan.

De nuevo me aproximo a él. Nunca había sentido tan cerca su cuerpo. Puedo escuchar mi propia respiración.

—Ha llegado la hora de engrandecer la ciudad y coronarla de victorias hasta lograr que su nombre sea temido en toda la costa africana.

—Elisa, tus palabras me llenan de júbilo. Mis brazos están abiertos.

Permito que me estreche en el abrazo ritual. Su aliento roza mi piel. El silencio se ha vuelto denso, casi insoportable. Entonces mi mano, como si ya no fuese mía, palpa la cintura de la túnica, empuña la daga que oculto y con un gesto breve y frío, la clavo en su vientre.

Entre mis brazos, Malco se estremece y exhala un leve gemido no muy distinto de los sollozos del amor. Aquí tienes tus bodas, susurro, la novia es la muerte púrpura.

Su cabello se eriza como el pelo de un lobo que enseña los dientes. La daga, guiada por mi brazo, le atraviesa de nuevo. Mana la sangre. Se tambalea, sus ojos quedan en blanco y, cuando recibe la tercera puñalada, se desmorona, derrumbándose en el suelo.

Retrocedo unos pasos con el puñal goteando sangre en la mano. Los servidores de Malco el Escudo contemplan atónitos su agonía. Nada se mueve. La muerte viene veloz. Sólo se escucha el leve rumor de los dedos del herido, dando pequeños golpes convulsos en el suelo.

—He hecho justicia. He tomado venganza contra un asesino —clamo—. Este hombre astuto e insaciable tramaba criminales proyectos. Ahiram el Dardo, Safat el Puñal y Elibaal el Arco doblaron las rodillas y descendieron al vacío reino de los muertos por culpa de su ambición desmedida. Merecía sucumbir así.

El jefe de mis guardias, como despertando repentinamente de una ensoñación, da orden de rodearme para protegerme de los servidores armados que guardan la casa. Agradecida, avanzo hacia él y coloco las manos en sus hombros.

—Hanón —le digo—, a partir de este momento te nombro jefe supremo de mis tropas. Tú dirigirás la guerra contra Yarbas. Confío en ti. Derrota a su ejército de nómadas y nativos, aplástalos, haz que sus entrañas sirvan de alimento a los buitres y a los cuervos.

Hanón asiente. Custodiada por mis hombres, abandono la sala. Las huellas sangrientas de mis plantas dejan un rastro a mi espalda. Nadie osa interponerse en nuestro camino.

Eneas

Desenvaino mi espada y corto con golpes rápidos las amarras. El viento del atardecer palpita en las velas desplegadas, pero mis hombres, sentados en hileras sobre los bancos, toman los remos para apresurar la marcha. Pronto cabalgamos a lomos de las olas, bajando y volviendo a elevarnos con un flotar suave. Hago una señal a Acates, que me observa desde su puesto junto a la regala de la Leona, y también él da orden de zarpar. Los remeros de su tripulación obedecen entre gritos de júbilo y barren con sus fuertes brazos la llanura espumeante. Uno a uno, todos los barcos de mi flota se hacen a la mar.

En pie, junto a la gran vasija de agua potable sujeta al bauprés con cuerdas, respiro el aliento húmedo que asciende con la brisa. Oigo las voces de los remeros acompañando la boga. En el mástil, fijo a la verga, vuela y chasquea el velamen.

Mi mirada se detiene en el cielo de poniente rasgado por una última herida de luz roja. Después, con tristeza, acudo a popa y, acodado sobre la borda, de espaldas al timonel, contemplo el muelle cada vez más lejano. Desde el puerto de la ciudad, los barcos cartagineses, con sus grandes ojos pintados en el casco para preservar las naves de maleficios, parecen mirarme con mudo reproche. Nuestras naves dibujan a su paso estelas plateadas, trazos luminosos rápidamente cubiertos por la oscuridad de las olas.

Yulo también ha elegido la alta popa para la despedida. En un rincón de cubierta ha colocado en cuidadosa formación todos los juguetes de sus días en Cartago: una gran caracola de color malva, el caballo de madera de pino, conchas, nueces, huesos de ciruela y una pelota de tela que cosió Ana. Defendido por su pequeño ejército infantil, mantiene la mirada fija en la ciudad que se pierde en la distancia. Durante la tarde, en medio del ajetreo de los preparativos y el cargamento, entre la reparación del lienzo de las velas y el laboreo de las cuerdas, se ha escapado a escondidas. Al descubrir su ausencia, me han asaltado los temores en manada: un rapto, una huida, un intento de impedir nuestra marcha. Sin embargo, Yulo ha regresado por su propia voluntad. Después de su extraña fuga, se ha negado a pronunciar palabra o a tomar alimento. Pese a su silencio, puedo oír los sollozos que ahoga y el sonido sordo de su ira contra mí.

Igual que Yulo ha extendido sus juguetes, yo despliego mis recuerdos en el crepúsculo. Me parece ver la piel de Elisa, tostada como la arcilla de un alfarero, y la cinta que sujeta su cabellera oscura. Regreso a la tarde en que, abrazado a su cuerpo tibio en el frío de la cueva, contemplaba las gotas de lluvia temblar al borde de las hojas de los árboles y después caer de repente, desplomándose. Con los ojos de la memoria recobro la imagen de la mujer nómada que durmió en mi tienda tras el asalto al poblado, el brillo de las hogueras en el desierto, el barco ardiendo, el cadáver del consejero bajo la luna roja, el caballo blanco galopando en círculos, espoleado por el ansia de escapar.

Navegamos veloces, arrojando a cada lado de la proa dos olas luminosas y susurrantes. Frente a los muros de Cartago se desarrolla una escena conocida: el inicio del asedio. Los guerreros de Yarbas clavan robustas pértigas con punta de bronce entre las hileras de ladrillo de la muralla, esforzándose por abrir una brecha. Junto a las hogueras, sus arqueros prenden fuego a la punta de las flechas que extraen del carcaj y las lanzan ardiendo sobre las almenas. Las primeras partidas de asalto avanzan con rapidez llevando escalas de madera para trepar por los muros.

Se prepara otra guerra inútil, una nueva siembra de cadáveres. Hice cuanto estuvo en mi mano por evitarla pero, en contra de los presagios, en contra de los hados, en contra de la voluntad de los dioses, los cartagineses desean el combate, empujados por el orgullo que les inspiran su fuerza y su poderío. Ahora comprendo que al zarpar de Cartago estoy rompiendo las amarras que aún me unían a Troya, al viejo mundo. Ahora sé que estoy destinado a fundar una ciudad nueva, amurallada por leyes justas. Y si me asisten las fuerzas, mi tarea será, allá donde encuentre una morada apacible para mi pueblo, abatir al soberbio y dolerme siempre del sometido.

—Ana vendrá a buscarme —susurra Yulo, tiritando de frío. Retrocedo unos pasos, alcanzo una manta y lo envuelvo entre mis brazos.

Me acaricia una brisa con olor a sal, vuelvo a sentir el ligero roce de la alada esperanza. Pienso que Cartago formaba parte de mi destino, que nunca me he desviado. Quizá sin proponérselo, Elisa me ha ayudado a encontrar mi camino, a reconocer mi senda. Los designios de los dioses se ordenan ante mí como las estrellas que van ocupando su espacio prefijado en el alto cielo.

Alzo los brazos y murmuro una nueva plegaria. Libradme, dioses, de los vengadores remordimientos, del dolor, del pesado lastre del miedo, de la pálida enfermedad, del hambre, de la miseria, de la guerra y de la discordia que agita su cabellera de serpientes.

Sí, en Cartago comienza la batalla, pero esta vez mi arco descansa mudo y ajeno al silbido de las flechas incendiarias. Levanto los ojos hacia el cielo de color azul ultramar, sin límites. Desciende sobre mí el solitario grito de las aves marinas.

Virgilio

Sospecho que tengo fiebre. Sudo, estoy aturdido. A mi alrededor, las gentes sensatas se recluyen en sus casas, se encierran y atrancan las puertas. Los cerrojos chirrían al correr sobre los batientes. Se han desvanecido con misteriosa celeridad los puestos y tenderetes de mercachifles que de día abarrotan las aceras. Los mendigos han reptado de vuelta a sus oscuros tugurios. A ratos me asalta la duda y me pregunto si estoy viendo el atardecer en Roma o en Cartago, si me persiguen las hordas de Yarbas o el inquietante desconocido de barba blanca que durante toda la jornada ha caminado tras mis pasos.

Pero es inconfundible la forma en que la noche cae sobre Roma como una amenaza, oscureciendo la ciudad con la sombra de un peligro latente. La urbe nocturna se vuelve siniestra. Sin lámparas de aceite ni antorchas colgadas de los muros, sin el destello amistoso de un farol en el dintel de una puerta, se convierte, todo el mundo lo sabe, en territorio de ladrones, asesinos y toda clase de hombres violentos. Desde esta hora hasta el amanecer, nadie se aventura a salir sin guardia personal o sin una nutrida escolta de esclavos. Sólo las rondas de vigilantes armados y provistos de teas encendidas recuerdan, en medio de estos callejones poblados por náufragos de la noche sin faros, que vivimos en el mundo férreamente gobernado por el emperador Augusto, Padre de la Patria, de la noble estirpe Julia que hace remontar su origen a Yulo el troyano.

Me siento enfermo. Respiro un aire rancio. El estómago no me concede paz. Recorro una callejuela que hiede a alcantarilla y a despojos de pescado. El sabor del vómito asoma a mi boca. Ni siquiera sabría decir dónde estoy. El corazón me late con violencia cuando me doy cuenta de que he entrado en un callejón sin salida. No tengo más opción que encarar a mi perseguidor, el hombre que, tenazmente, me ha perseguido como una sombra. Ésta es su oportunidad. Aquí, por más que grite, nadie acudirá en mi ayuda.

¿Por qué no he vuelto a casa, a la seguridad de mi dorada prisión, mientras todavía estaba a tiempo? ¿Qué me ha arrastrado a merodear por la ciudad, sin rumbo, sin causa que lo justifique, bailando una danza macabra con quien podría ser mi asesino?

El hombre de la barba encanecida avanza lentamente hacia mí. La luz de la luna lo envuelve en una claridad fantasmal. Una gran desolación y una nueva pena se adueñan de mí. A pesar del juego temerario que me ha conducido hasta este callejón oscuro, a pesar de tentar a la muerte, quiero vivir. Mis piernas flaquean. En el rostro del desconocido, que sigue aproximándose, asoman unas profundas arrugas excavadas entre las cejas por una vida larga y difícil. Junto las manos con desesperación, esbozando un ruego. Mi perseguidor se detiene y me observa con ojos de mirada vacía. A pesar de su edad, es un hombre vigoroso ante el cual no tengo posibilidad de defensa. ¿Por qué prolonga tanto esta agónica pausa? ¿Es su turno para jugar conmigo?

De pronto, el anciano mascula unas palabras rítmicas y las repite con voz monótona, profunda y terrible como el eco de un trueno. Reconozco esas palabras. ¿Qué sentido tiene todo esto? ¿Quién me perseguiría hasta acorralarme en un callejón tenebroso para recitar versos en lengua griega?

Una imagen nacida de la fiebre se abre paso en mi aturdida cabeza. ¿He sido acechado durante todo el día por el fantasma del poeta eterno? ¿Pretende el espectro del mismísimo Homero castigarme por tratar de usurpar su corona de laureles? El corazón me late a grandes golpes, noto cómo se eriza mi cabello. Tiemblo. Me da miedo la muerte, me da miedo la locura. ¿Está enferma mi mente? Me lo pregunto, rendido por la fatiga y la angustia.

El anciano sigue repitiendo su estribillo. Por primera vez, el significado de las palabras penetra en mi mente y capto su sentido. Ilíada, libro VI. Habla la legendaria Helena, afligida, durante el asedio de Troya: "En lo sucesivo, los poetas cantarán nuestros sufrimientos a generaciones que están por nacer". El verso gira como un torbellino en mi cabeza febril. Cantarán nuestros sufrimientos. De pronto me siento iluminado por una idea, una revelación. La fiebre llamea en mi interior. El anciano Homero guarda silencio. Después gira sobre sus pasos y se aleja, desvaneciéndose en la oscuridad.

Aturdido por el asombro y el pavor, permanezco inmóvil. Mis pensamientos galopan sin freno. Las guerras caen en el olvido, los cantos permanecen. Sólo el poema queda para narrar el dolor de los vencidos, la suerte de quienes son atropellados por los imparables acontecimientos que forjan la historia. Aquellos a quienes hoy llamamos héroes, fueron un día seres azotados por la desgracia. De la vendimia del sufrimiento brota el vino de las leyendas. Yo conozco el sufrimiento, la duda, el pesado lastre del miedo, pero también he experimentado la redención y el consuelo de las palabras. Ahora lo sé. Yo puedo escribir este poema.

He encontrado mi voz.

Elisa

El sol moribundo está hundiéndose en el mar. Pronto, en menos tiempo del que tarda una yunta de bueyes en arar un surco, terminará el plazo fijado por Yarbas y se desencadenará su ataque. Despido el día, despido la paz, despido los tiempos dorados, la felicidad tan difícil de asir.

He buscado la soledad de la azotea de palacio para contemplar este ocaso. La aspereza del humo me escuece en la garganta, las altas llamas calientan mi espalda. Dirijo mi mirada hacia el puerto. Las naves de Eneas parten en busca de nuevos fondeaderos donde lanzar sus anclas. Se alejan, avanzando con remos y velas. Mis ojos persiguen a los barcos fugitivos, veo los lienzos tensos en las vergas, veo el mar abierto por las proas. Los mástiles desgarran el cielo crepuscular, los negros cascos abren hendiduras en el agua. El viento que seca mis lágrimas hincha sus velas.

Nunca había sentido tal tristeza. El futuro se cierne como una espesa oscuridad, como una noche de incesante lluvia. Me sacude la furia al verlo marchar y, sin embargo, revive el deseo de que regrese en el último instante, arrepentido, virando sus naves. Pero no habrá retorno. En mi piel se abren surcos de pena, la desdicha está arando mi rostro.

El sol se ha ocultado ya en la negra distancia. Las hordas de Yarbas apoyan sus escalas en la muralla y empiezan a trepar. Las tropas que permanecen al pie de los muros apoyan su avance lanzando flechas incendiarias. Mis guerreros, parapetados tras las almenas, les arrojan calderos de pez ardiendo. Las quemaduras arrancan rugidos de dolor.

Abandonando el pretil, me acerco a la gran hoguera que he ordenado encender en la azotea. He decidido quemar todo cuanto fue de Eneas, recuerdos de días mejores, estocadas de la memoria. Deseo ver cómo devora el fuego la túnica y el manto púrpura que le regalé, también el velo bordado que él salvó de la ruina de Troya y quiso que fuera mío. Al recibir alimento, el fuego se aquieta y luego se aviva, las llamas aletean y rugen. Se elevan grandes volutas de humo.

Aferro la empuñadura de la espada que encargué para Eneas al mejor armero de la ciudad. Me pregunto qué destino darle a una pieza tan magnífica, forjada para ser ligera y precisa como un miembro vivo, embellecida con una piedra verde engastada en el pomo. Yo misma, feliz por el goce anticipado de su alegría, acudí a la fragua cuando el maestro forjador templaba la hoja. Nunca más le veré ceñirla.

Arrecia el estruendo de la batalla. Me asomo de nuevo al combate desde la atalaya de la azotea. Veo un enjambre humano que hierve, como hormigas retorciéndose en el borde del azadón que alguien usa para destruir su hormiguero. Caen víctimas en ambos bandos, los hombres se desploman igual que álamos talados por un leñador.

De pronto, me alcanza un eco de rabiosos ladridos al otro lado de la ciudad. Lejos del combate principal, Yarbas ha conseguido abrir una brecha en la muralla y sus guerreros irrumpen en las calles. Se elevan clamores de muerte, mezclados con humo, confusión y furia. Brotan incendios, arden las vigas de palacios y de humildes casas, las mujeres corren a buscar refugio en la fortaleza mientras nuestras tropas intentan contener al enemigo alzando barreras donde aguardan emboscados. Los invasores nómadas, con el acero listo para degollar, lanzando un cerrado granizo de flechas, se abren camino y siembran cadáveres a su paso. Me asalta un miedo gélido. Lo imposible está sucediendo, somos invadidos.

¿Acaso un traidor, o un prisionero bajo tortura, habrá revelado a Yarbas dónde hallar el punto más frágil de nuestros muros? ¿Hasta tal punto ha debilitado la muerte de Malco nuestras defensas?

Siempre he compadecido la suerte de las mujeres que se convierten en botín de guerra y deben amasar el pan, acarrear el agua y compartir el lecho de los vencedores. ¿Será acaso mi destino? ¿Qué piedad puedo esperar de Yarbas si nuestra ciudad cae derrotada?

Reina la oscuridad que precede a la salida de la luna. Las estrellas miran con sus extraños ojos fríos la lucha que se libra en Cartago. Siento que la noche y los astros son indiferentes a nuestra desgracia. El mundo que yo creí seguro es asolado por el duelo y el espanto. Como el viento se lleva el humo, así se desvanece, en un solo día, todo lo que he construido.

Aparto la vista del combate, vuelvo la mirada hacia la hoguera que agoniza en una lenta danza. Palpo la hoja de la espada abandonada por Eneas. Una repentina calma me domina. Las palabras se secan en mi boca, todos mis pensamientos quedan aletargados, salvo uno: navego ya fuera del tiempo.

Ana

Tarde, he llegado demasiado tarde. Sólo he visto las popas de los barcos troyanos, terminadas en cola de pez, alejándose de nuestras costas. En alguna de las naves, Yulo se adentraba en la distancia sin despedida. He agitado el brazo hasta sentir dolor, aunque sabía que él no podía verme. Un cormorán ha volado en círculo sobre el mar, ha descendido y se ha zambullido de un brinco. El sol, tras el filo del horizonte, ha cerrado poco a poco su gran ojo púrpura y la noche ha caído sobre mí. Pronto he perdido de vista las velas y el brillo de las espumeantes estelas blanqueando las olas oscuras.

Nuestra alegría se ha quebrado, me he dicho, igual que se quiebra un junco en un cañaveral. Después he vagado, temblando y al borde del llanto, por los alrededores del puerto, a través de calles desiertas, sin importar a dónde me guiaban los pasos. ¿Cómo han podido dejarme atrás en esta ciudad maldita donde no nacen niños y yo me siento como una gavilla que enmohece arrinconada?

Llego al lavadero donde tantas veces jugamos Yulo y yo a fletar nuestras cáscaras de nuez y mirarlas navegar, levantando con las manos un suave oleaje para impulsarlas. Dentro de la pila, el agua está tan lisa como un tejado. Pero ¿qué flota en la esquina, semioculto entre las sombras? Meciéndose suavemente, distingo una pequeña balsa de corteza con unas ramitas clavadas, como un barco de juguete. Me acerco, lo tomo en mis manos y lo acaricio en silencio. Las lágrimas me arden en la garganta. Sólo mi pequeño Yulo ha podido dejarlo aquí, para mí.

De pronto, mis dedos tropiezan con unas extrañas incisiones en la madera del casco que la oscuridad no me deja ver. No tardo en encontrar un farol colgado sobre el dintel de una puerta; me coloco bajo la catarata de luz oscilante y observo con cuidado los cortes que antes he palpado. Son trazos de escritura grabados torpemente a cuchillo, un mensaje dejado a la deriva en el lavadero, el mar de nuestros juegos.

Descifro poco a poco los toscos dibujos de niño hasta recomponer el sentido: "Yulo no olvida a Ana. Búscame en tierra de lobos".

—Te buscaré —contesto—. Recorreré Italia y daré contigo aunque tenga que aventurarme en las guaridas de los lobos.

Me siento en el suelo con la espalda apoyada contra el muro y coloco el barco sobre mis rodillas. Aprieto el puño cerrado contra la boca y lloro. No sé cuánto tiempo pasa. Oigo cerca de mí voces, pasos, cascos de caballos, sonidos perdidos que proceden de las casas. De repente, un silencio amenazador, hasta la ciudad contiene el aliento. Espero. Algo terrible está a punto de desencadenarse, lo presiento. En los lejanos ladridos de perro vibra el terror. Después, oigo un prolongado lamento humano, gritos de mujer que desgarran el aire. Sobre los tejados empiezan a asomar lenguas de fuego.

¿Qué sucede? Mi corazón salta de miedo igual que un potro. Me pongo en pie. Surge de la oscuridad un pequeño destacamento de guerreros, que galopan con la luz del combate en los ojos. Empuñan teas y armas.

—¡Corre a buscar refugio! —me grita uno de ellos al pasar.

Las antorchas doblan un recodo y la luz se desvanece en los muros. Con el barco de madera entre los brazos, empiezo a correr hacia casa. El desastre, la confusión y el griterío crecen en medio de la noche que todo lo desfigura. Encuentro en mi camino a mujeres llorosas, el humo de los incendios se riza en el aire. Algunos edificios en llamas enseñan ya el tiznado costillar de sus vigas. Apresuro cada vez más mi carrera, mordiéndome los labios resecos.

Cerca de las puertas de palacio, en el declive de la colina, algo me estremece y me llena de frío, como un presagio. El espanto serpentea dentro de mí, empiezo a temblar. Me aparto a un lado de la calle. Qué solitario y fantasmal, este trecho del camino… De pronto, vislumbro un resplandor, una extraña claridad acercándose en silencio. Parece un remolino de arena blanca traída por el viento, o quizá un jirón de niebla flotante. Lo reconozco cuando pasa a mi lado, es la silueta del caballo de Elisa, veloz, luminoso, ágil, se diría que sus cascos no tocan el suelo. El alado galope me deja entrever una horrible herida que desgarra su pecho, un reguero espumeante de sangre negra. El animal, una blanca sombra, cabalga sin bridas ni silla, libre de ataduras, en dirección al mar.

Corro a ciegas, despavorida. Oigo un bullicio de voces graves y veo lumbre de antorchas. La guardia se ha congregado ante la entrada del palacio para defender a Elisa. Me reconocen y abren paso. Cruzo el umbral, atravieso el patio delantero, los centinelas corren el pasador de los cerrojos y atrancan los postigos detrás de mí. Estoy a salvo.

De sala en sala, de puerta en puerta, llamo a voces a mi hermana. Las esclavas, presas del miedo, no responden a mis preguntas.

—¡Elisa! ¿Dónde estás?

Subo los empinados y tenebrosos escalones que conducen a la azotea.

—¡Elisa! ¡Si me oyes, respóndeme!

Abro la portezuela. Frente a la balaustrada, una hoguera desfallece, inundando el lugar de una luz que tiembla como asustada. Elisa está tendida en el suelo, quieta y pálida. Parece una estatua caída. Sus ojos abiertos son dos espejos oscuros y opacos, dos estanques vacíos. Una espada atraviesa su pecho.

—¡Elisa!

La abrazo, trato de restañar con mis ropas los brotes de sangre, intento recoger en mis labios el más débil soplo de su aliento. Pero sé que estoy aferrando una sombra.

Virgilio

Buscando mi camino sin antorcha, a ciegas dentro del laberinto de rampas y callejuelas tortuosas y oscuras, he conseguido llegar a mi casa del Esquilino. Es noche profunda, todo está callado, mis esclavos descansan tras el bregar del día. Sin embargo yo, tendido en el lecho, me agito sin reposar; el rocío del sueño no acaricia mis ojos, el encuentro fantasmal me impide dormir. Me levanto y salgo al jardín. Acudo a mi rincón más amado, al borde del estanque, donde puedo admirar las columnas de mármol del peristilo, los capiteles labrados con hojas de acanto y frutos, las estrellas temblando en las aguas del aljibe.

Pienso en mi época de estudiante, cuando abandoné los oropeles de Roma para unirme a una comunidad epicúrea en Nápoles. Nunca olvidaré aquella granja bajo los cielos limpios y cálidos de Campania donde encontramos morada unos jóvenes con ansias de regirnos por otras normas. Allí todo cuanto teníamos era común, prescindíamos del lujo para acostumbrarnos a la sencillez y nos esforzábamos por crear una pequeña sociedad más justa y humana, fuera del alcance de las guerras civiles. Nos parecía la única forma posible y esperanzada de seguir viviendo.

Pero de nada sirvió buscar refugio, fue inútil. Las turbulencias de mi época vinieron a buscarme hasta el lugar donde me había cobijado. ¡Qué difícil es salvarse de los peligros de tu tiempo, aunque te alejes del campo de batalla, aunque renuncies a los emblemas huecos del poder!

El aviso del fin llegó en forma de carta, aquella triste carta enviada desde mi casa, en la aldea de Andes. Mi padre y mi familia iban a ser desahuciados y nuestras tierras se entregarían a veteranos de guerra. Para salvarles, contraje deudas de gratitud con Augusto que aún no he terminado de saldar. Sé que mis ancianos padres lo perderán todo si no cumplo y siento el peso de su destino sobre mi espalda. Este poema será el último pago.

A pesar de toda la fama que he cosechado, a pesar de que mis obras han sido llevadas con éxito arrollador a los teatros, aunque todos los romanos me conocen y muchos me envidian, siempre hay en mi boca un amargo regusto de fracaso. Forjo la belleza de mis versos en honor —y muchas veces al dictado— del terrible soberano de Roma. He corrompido las palabras poniéndolas al servicio de un hombre a quien considero peligroso, mis libros han lavado la sangre que mancha las manos del tirano. Las riquezas con las que me ha recompensado no han sido un bálsamo para mi conciencia maltrecha y, sin embargo, ya no sabría prescindir de ellas porque mi salud ha empeorado y necesito cuidados. He aprendido que la misma persona puede encarnar la máscara del triunfo y el rostro de la derrota. Creo que algo semejante sucede con el Imperio romano, ese gran logro levantado sobre tanta violencia y tantos ideales traicionados.

Los poetas cantarán nuestros sufrimientos. La frase retumba una y otra vez en mi cabeza. Ahora sé que puedo contar cómo empezó todo, cuando Eneas salvó de la debacle de Troya a su viejo padre y a su hijo pequeño. Quiero relatar en mis versos su huida, con el sonido del fuego crepitando en los oídos, en medio del torbellino del saqueo griego. Rememorar los primeros pasos de la grandeza romana, los pasos vacilantes de un héroe que perdió su guerra, alguien a punto de derrumbarse, con un anciano a las espaldas y un niño de la mano. Ahora sé que la derrota es siempre el punto de partida de una gran historia.

Iluminaré la tristeza de esta leyenda: el viaje de Eneas desde las llamas de Troya a través de los mares, su naufragio en las costas de Cartago, el amor que le unió a Elisa, las esperanzas de Ana, el suicidio de Elisa al ver derrumbarse todo lo que había construido y amado. Evocaré los lamentos de Ana sobre el cuerpo sin vida de Elisa, su vana ilusión de reconstruir con Yulo los días felices de juegos a la orilla del mar. Describiré la partida de Eneas rumbo a Italia, al mando de sus naves, ignorante todavía de la guerra, la violencia y la muerte que allí le esperan. Relataré por último cómo fundará una ciudad en tierras del Tíber, pero no vivirá lo suficiente para verla crecer.

Mis versos transformarán las penas en música.

Durante meses he luchado conmigo mismo por dar a Eneas y a Elisa, a Ana y Yulo, un final más dulce, más clemente, pero me ha sido negado el libre vuelo de la imaginación. Ni siquiera en los soñados reinos del poema puedo sacrificar la fundación de Roma a cambio de la dicha de unos amantes y los juegos de unos niños. Estoy obligado a ser fiel a la leyenda, a entrar en el río del tiempo, a guiar mi canto por la senda impuesta para que suceda lo que sucedió y se cumpla el pasado de nuestro pueblo. Como Eneas, debo obediencia a la imperiosa profecía que, en la noche de los tiempos, decretó la llegada a Italia de los troyanos.

Siento el sabor de sus fracasos como el mío propio. Sus deseos naufragaron como nuestro pequeño paraíso de la Campania. Levanto la cabeza y contemplo las constelaciones, donde los sabios astrónomos han dibujado las figuras de los héroes: Hércules, Perseo, Andrómeda, Casiopea… Es extraño, la leyenda encuentra una nueva justicia para los perdedores. Existe un humano esplendor en todas nuestras derrotas.

"Los poetas cantarán nuestros sufrimientos a generaciones que están por nacer." En las sabias palabras del viejo Homero he encontrado mi senda. Compondré para Augusto el poema que tanto desea, daré vida con mis versos a sus antepasados, pero les insuflaré mis esperanzas y no su sed de poder. El emperador tendrá su ansiado homenaje, pero el poema épico albergará la melodía rebelde de todas las aspiraciones incumplidas. Cantaré al Imperio más poderoso del orbe cuando era sólo el frágil sueño de un náufrago.

Mañana, con la primera luz del alba, empezaré a escribir.

VIII. Detened las aguas del olvido

Eros

Invisible y traslúcido, asisto al entierro en campo abierto. No lejos de aquí se escucha el canto retumbante del mar y el grito de las gaviotas que sobrevuelan la bahía en la madrugada. Un reducido grupo de amigos dolientes rodean la pequeña estela erguida entre la hierba, el hoyo habitado por lo que queda del cuerpo y el montículo de tierra fresca que lo cubrirá. No sé llorar, pero hoy desearía compartir con los hombres el extraño alivio de las lágrimas calientes que ruedan por los párpados y caen.

Me parece asombroso, ahora que lo pienso, cuántos humanos mueren, generación tras generación, creyendo erróneamente que han fracasado. Imagino que se debe a la fugacidad de sus vidas, a su falta de perspectiva. Nosotros los dioses sabemos que muchas semillas germinan cuando sus plantadores ya no viven para verlas crecer. Los individuos mueren y, sin embargo, la muerte no se alza vencedora. La humanidad camina bajo la luz del sol sin quedar nunca por completo en las sombras y continúa entonando cantos que hacen memorable lo vivido. Por eso los dioses no podemos apartar nuestros fascinados ojos de este mundo efímero.

En la herida originaria del tiempo, los humanos encuentran su audacia transformadora y gracias a ella aman, sufren, gozan, luchan, aran, navegan, edifican y, en momentos de reposo, tejen mitos y leyendas para recrear su mundo a través de los relatos. Sin carne ni sangre, aletargados en la eternidad, los dioses del Olimpo nos sentimos fríos fantasmas frente a los mortales. En ciertos momentos de ebriedad provocada por el néctar y la ambrosía, tenemos la vertiginosa impresión de ser sólo parte de los relatos humanos, pálidas abstracciones que dan sentido a sus historias.

La belleza pertenece del todo a los humanos. Me refiero a esa belleza rara y conmovedora de las acciones generosas, del bien que nadie recompensará, del acto justo por el que se paga un alto precio, de la lucha perdida de antemano contra adversarios invencibles. En su finitud, los seres efímeros saborean todas las delicias: la intensidad del deseo, la pasión fulgurante, la fuerza transfiguradora del amor, la posibilidad de arriesgar, la fantasía que permite inventar palabras e imágenes para sobreponerse al caos y, en resumidas cuentas, el sueño luminoso de vivir fugazmente y después morir.

Mientras los enterradores, a la luz de las antorchas, empiezan a cubrir la fosa y los golpes de tierra tamborilean sobre la urna funeraria, medito sobre el curso serpeante de la historia humana en el que tantas aparentes derrotas acaban en victoria.

Eneas llegó a orillas del Tíber para cumplir el destino que los dioses le habían encomendado. Murió víctima de espadas y discordias pero, tiempo después, muy cerca de su tumba, sobre siete colinas del Lacio, floreció una civilización que es recordada por la grandiosa arquitectura de sus leyes, que unificó bajo su mando todo el Mediterráneo, que construyó puentes y calzadas para unir a los pueblos que antes doblegó. Entre sus habitantes, Eneas fue llamado "el padre de Roma". Ni la paz de los caminos empedrados, ni el agua que corre paciente por los acueductos, ni el baluarte del derecho que protege a los ciudadanos, existirían sin sus muchos naufragios y su tenaz convicción.

Su hijo Yulo, gran cazador, esperanza de los troyanos emigrados, construyó una ciudad, Alba Longa, y reinó sobre ella. Cuentan que allí nacieron dos gemelos que fueron amamantados por una loba, Rómulo y Remo. Ellos trazaron con un arado el surco en torno al Palatino y fundaron la gran urbe romana. Siglos más tarde, Julio César y Augusto, miembros de la estirpe Julia, se dijeron sucesores de aquel joven Yulo que jugó en las arenas de una playa africana.

Ana se embarcó en una navegación plagada de aventuras rumbo a Italia. Tras naufragar en la costa, se reencontró con Eneas y Yulo, que la acogieron en su palacio. Juntos derramaron lágrimas por Elisa y por la memoria del tiempo pasado. Un día, misteriosamente, Ana desapareció y nunca se supo más de ella. Desde hace siglos es venerada en las tierras del Tíber, donde la evocan como una amable diosecilla, Ana Perenna, que hornea tortas para librar al pueblo del hambre.

Cartago, la ciudad construida por la reina Elisa, se convirtió en una gran potencia mediterránea, el único adversario capaz de poner en peligro la soberanía romana a lo largo de tres contiendas, las Guerras Púnicas, que segaron la vida de generaciones de jóvenes guerreros. En el más sangriento de esos tres conflictos, el general Aníbal cruzó con un ejército de elefantes los montes Pirineos y los Alpes. Nunca logró vencer a Roma. Del amor truncado de Elisa y Eneas nació la maldición que enfrentó a los dos pueblos, mar contra mar, playa contra playa, legión contra legión, en una pugna encarnizada que heredaron padres, hijos y nietos de los nietos. Pero todo lo que ella construyó y amó, perdura en la memoria de los hombres.

Los enterradores han terminado su trabajo. La tierra cubre ya la tumba. Virgilio ha muerto un desapacible día de septiembre a causa de unas fiebres. Ha dedicado, en conjunto, diez años de su vida al poema que se conocerá como la Eneida. Durante la agonía, ha suplicado con insistencia a su amanuense de confianza, un joven llamado Eros, que arroje al fuego el manuscrito. Está convencido de que su obra no merece ver la luz. Pero Augusto ha tomado precauciones para que la Eneida se salve y llegue a publicarse. Y así, por orden del emperador, el último deseo de Virgilio es desobedecido.

La comitiva de dolientes abandona el solitario paraje. El cuerpo reposa a dos millas de Nápoles, donde un día habitó una humilde comunidad epicúrea. El epitafio grabado en la pequeña estela, apenas unas pocas palabras, dice: "Canté a pastores, campos, héroes".

Virgilio moribundo no llegó a saberlo, pero ha escrito una obra más duradera que el propio Imperio romano. No llegó a saber que, a lo largo de los siglos, niños y jóvenes aprenderán a conocer las siluetas de las palabras y amar el fulgor del lenguaje con los versos de su Eneida. No llegó a saber que, generación tras generación, muchos leerán y amarán su poema en lenguas aún por nacer. Yo mismo podría recitar con mi perfecta memoria largos pasajes, y considero un honor ser uno de sus personajes. Confieso que me gusta más la armonía de estos vibrantes versos que la monótona y sobrevalorada música de las esferas.

Despunta la primera luz del alba. Mi papel en esta historia ya ha terminado. Doy media vuelta y asciendo por los peldaños del viento hasta mi hogar en la perezosa eternidad.

Índice